厨《ちゅう》病《びょう》激《げき》発《はつ》ボーイ
5
chubyou gekihatsu-boy
原案:れるりり (Kitty creators)
著:藤並みなと
イラスト:穂嶋 (Kitty creators)
野田

SP
YAMATO NODA
ヒーローに
憧れる永遠の
少年。
【のだ・やまと】
野田大和

SP
TOMOKI TAKASHIMA
二次元しか愛
せない残念系
イケメン。
【たかしま・ともき】
高嶋智樹

SP
KAZUHIRO NAKAMURA
暗黒神を右腕に宿す(？)孤独な秀才。真の名は、竜翔《りゅうしょう》院《いん》凍《とう》牙《が》。
【なかむら・かずひろ】
中村和博

SP
REI TSUKUMO
意味深な言動を繰り返す
黒幕的存在。
…のはずだったが、
最近はイジられ
気味。
【つくも・れい】
九十九零

SP
FUTABA MIKURIYA
リア充かと
思われたが、
実はナルシ
ストな歌い
手（しかも
音痴）。
【みくりや・
ふたば】
厨二葉

SP
MIZUKI HIJIRI
平穏に暮らしたい女子高生。なぜか厨二病男子たちの仲間に。
【ひじり・みずき】
聖瑞姫

contents

目次

厨病激発ボーイ 5

原案／れるりり(Kitty creators)
著／藤並みなと

20467
角川ビーンズ文庫

口絵・本文イラスト／穂嶋（Ｋｉｔｔｙ ｃｒｅａｔｏｒｓ）
イラストカット／こじみるく（Ｋｉｔｔｙ ｃｒｅａｔｏｒｓ）

第一章
光と闇の救世主《メシア》

ドタバタの交歓祭《こうかん》も終わり、いつもの日々へと戻《もど》ってきたある日の、下校時刻。

「あ。しまった」

校門の手前で思わず声をあげた私を、連れ立って歩いていた厨病《ちゅうびょう》ボーイズがいっせいに振《ふ》り返る。二月下旬《げじゅん》のこの時間は空にはもう星が輝《かがや》き、外灯に照らされるみんなの口からは、白い息がふわふわふわと舞《ま》っていた。

「どうした、聖《ひじり》？」

「やりかけの宿題のプリント、部室に置いてきちゃった」

提出は明日《あした》の一限だから、取りに戻らなきゃ……。

先頭で自転車を押していた野田《のだ》君に視線を向けると、彼はすぐに頷《うなず》いて、ポケットから出した部室の鍵《かぎ》をひょいと投げてくれた。

ゆるい放物線を描《えが》いて、少し冷たい鍵が、私の手の中に落ちてくる。

「ミッションの成功、祈《いの》ってるぜ！　ピンク」

「プリント取りに行くだけだし……鍵は明日の朝返すね。じゃあ、また明日」

みんなに手を振ると、私は一人、部室への道を足早に引き返した。


ガチャリとヒーロー部のドアを押しあけて、手探《てさぐ》りで壁《かべ》についた電気のスイッチを押すと、奥の四分の三が畳《たたみ》となった室内が照らし出される。

夜の誰《だれ》もいない部室は、やけに広く、寒々しく感じられた。

「あったあった。……ん？　このノートは……」

こたつの上にあったプリントを手に取ってホッと一息ついた直後、同じ机の隅《すみ》に置かれた黒いノートに気付く。表紙には何も書かれていないけど……。

ふと、魔《ま》が差したとでも言うのだろうか。

見てはいけない雰囲気《ふんいき》はぷんぷんに漂《ただよ》っているのに、思わず手を伸《の》ばしてページをめくると、そこには几帳面《きちようめん》な文字がびっしりと書き込まれていた。

〈野田大和《やまと》……通称《つうしよう》〈暁《あかつき》の勇者〉。深紅《しんく》の鎧《よろい》を身に纏《まと》い、巨大《きょだい》なバスタードソード『ブレイブ・シャイン』を小柄《こがら》な体軀《たいく》で軽々と操《あやつ》る。父は幼い頃《ころ》から消息不明、山奥の村で母一人子一人で育つ。剣術《けんじゅつ》・体術に非常に優《すぐ》れた才を発揮し、覚醒《かくせい》した竜翔院凍牙《りゅうしょういんとうが》にも匹敵《ひってき》するほどだが、竜翔院凍牙は魔術他《まじゅつほか》あらゆる分野において天才故《ゆえ》、総合力ではやはり竜翔院凍牙が圧倒的《あっとう》に勝利する。光魔法には天稟《てんぴん》あり。盗賊《とうぞく》の高嶋智樹《たかしまともき》とは竹馬の友であり――〉

こ、これは……案の定、中村《なかむら》君の妄想《もうそう》ノート！

どうやらヒーロー部のメンバーをファンタジー風世界のキャラに設定して、あれこれ妄想しているようだ。それにしても竜翔院凍牙、TUEEEEEEEE！

ちなみに私は町の外れに暮らす魔法使いで、ペットにベンジャミンを飼っているらしい……魔法使いと猫《ねこ》って確かに相性《あいしょう》良さそうだけど、じゃあ九十九《つくも》君は……？

思わず見入っていたけれど、外から足音が近づいてくるのに気付き、あわててノートを閉じた。

「――聖瑞姫《みずき》っ！」

ハアッハアッと荒《あら》い息を吐《は》きながら扉《とびら》を開けたのは、黒髪《くろかみ》に学ラン姿の眼鏡男子。このノートを忘れていたことに気付き、全速力で追いかけてきたのだろう。

中村君はすごい勢いで黒いノートを回収し、胸に抱《だ》くと、震《ふる》えた声で私に問う。

「み……見たのか……!?」

「見てない見てない。何も見てない」

「本当だな!?　絶対だな!?　もし虚偽《きょぎ》だと判明した際は貴様を魔宴《サバト》へ転送して生贄《いけにえ》の刑《けい》に処すぞ!?」

血走った目を見開き、真っ赤になって必死の形相で詰《つ》め寄ってくる中村君……正直、何を今更《いまさら》と思わないでもないけど、こっそり書いていたものを期せずして見られるってのは、格別に恥《は》ずかしいものなのだろうか。……………恥ずかしいかもな。

「大丈夫《だいじょうぶ》だから。そんなにおかしなことが書いてあるの？」

せめてものお詫《わ》びに全力でとぼけてみせると、中村君はふうーっと全身から力を抜《ぬ》き、安堵《あんど》の笑《え》みを浮《う》かべながら「いや……」と首を振った。

「ただの数学の演習ノートだ」

嘘が下手すぎるでしょ！

——とはいえ、悪いのはのぞき見しちゃった私だ。

「そうなんだ。じゃあ、帰ろうか」とそ知らぬふりで促《うなが》して、そのまま部室を後にした。

ごめんね、中村君。なるべく早く忘れるから……——と、思ってたんだけど——。

☆★☆

「うみゃ～ご」

濁《にご》った猫の鳴き声がして、ふと気づけば、私は見知らぬ建物の中でテーブル席に座っていた。周りではまるで中世ヨーロッパ風世界観のRPGに出てくる町人や冒険者《ぼうけん》のような恰好《かっこう》をした人々が、賑《にぎ》やかに杯《さかずき》を傾《かたむ》け、食べ物をほおばっている……。

え、何ここ？　どういうこと？

「みゃ～ご」

戸惑《とまど》う私の足元に、紫《むらさき》の数珠《じゅず》のような首輪をした太った三毛猫が体を擦《す》り寄せてくる。

ベンジャミン……？

私の恰好はというと、黒を基調にした衣服にマントを羽織り、頭に被《かぶ》っていたものを手にとってみれば、魔法使いのような黒い三角帽子《ぼうし》……あ、そうか。

今日（昨日？）の放課後に中村君のノートを見た影響《えいきょう》で、こんな夢を見ちゃってるんだ！

ここはおそらく、町の酒場といったところだろうか。


「それにしても、よくできた夢だね」

ご馳走《ちそう》のいい匂《にお》いが鼻先をくすぐり、抱き上げたベンジャミンはずっしりと重みがあって、温かい。もふもふした毛触《けざわ》りを楽しみながら、顎《あご》の下を撫《な》でてやると、ベンジャミンはゴロゴロと喉《のど》を鳴らした。

しかし、不意にその鼻がヒクヒクッと動いたと思うと、デブ猫は気持ちよさそうに細めていた目をカッと見開き、私の腕《うで》から抜け出すや、テーブルを踏《ふ》み台にしてジャンプする。

「ベンジャミン!?」

飛びかかった先は、隣《となり》のテーブル席に留まっていた青いインコ――

『エターナルフォースブリザード！』

バタバタッと羽ばたく音と甲高《かんだか》い鳴き声が響《ひび》き渡《わた》り、猫の攻撃《こうげき》を間一髪《かんいっぱつ》逃《のが》れたインコは、カウンターでマスターと向かい合っていた黒尽《ず》くめの青年の許《もと》へと飛んでいく。

「──ファウスト。どうした？」

すっと差し伸べた腕にインコを留まらせてから、こちらに視線を向けた彼は──

「中村君！」

「……俺は竜翔院凍牙だが。おまえは何者だ？」

かすかに眉《まゆ》をひそめて尋《たず》ねる中村君は、凝《こ》った装飾《そうしょく》の立派な黒い剣《けん》といい、十字架《じゅうじか》がデザインされた銀の胸当てといい、装備がとてもカッコいいし、凛《りん》とした雰囲気を纏って、すごく強そうだった。主役オーラが半端《はんぱ》ない！

その時。

「キャアッ、離《はな》してください……！」

女子の悲鳴があがり、振《ふ》り向くと、ふわふわの長い髪《かみ》をしたエプロン姿の美少女──菜々子《ななこ》ちゃんが、見るからに荒くれ者っぽい赤ら顔の男に手首をつかまれていた！

「いいじゃねえか、姉ちゃん。オレのひざの上でちょっとお酌《しゃく》してくれって言ってるだけだぜ？」

「──その手を離せ、下種《げす》が」

よく通る低音が響き渡り、中村君が颯爽《さっそう》とごろつきの前へと歩み出る。

「無駄《むだ》な暴力は好まん。今ならまだ、無傷で済むぞ？」

「あーん？　なんだ、てめえ。スカしやがって……！」

血気に逸《はや》ったごろつきは、いきなり中村君に殴《なぐ》りかかる。

中村君はピクリとも表情を動かさず仁王立《におうだ》ちしていたけれど──


「ごふうっ」


そのまま思いっきり顔面に拳《こぶし》をくらい、転倒《てんとう》した。えぇぇぇぇぇぇぇぇ!?

床《ゆか》に横たわった中村君は、完全に目を回している。まさかの一発ＫＯ!?

……弱っ！　竜翔院凍牙、超《ちょう》弱いんですけど！

あまりの手ごたえのなさに、ごろつきも一瞬《いっしゅん》ポカンとしていたけれど、「……邪魔者《じゃまもの》は消えた。オラ、カワイ子ちゃん、こっちこいや」と再び菜々子ちゃんの手をつかむ。

「やめなさ――」

「あー、腹減った～」

「マスター、オレンジジュース一杯《いっぱい》！」

私が思わず声を上げたその時、カランカランというベルと共にドアが開き、新たな二つの影《かげ》が登場した。

赤い鎧《よろい》を身に着け、大きな剣を背中に装備した小柄《こがら》な男子と、動きやすさを重視したような軽装のすらりとした金髪《きんぱつ》男子――野田君と高嶋君！

「……ん？　俺たちなんか変なタイミングで入った？」

「た、助けてくれ。うちの看板娘《かんばんむすめ》のロザリーが、からまれてるんだ」

マスターが声をあげると、彼らも即座《そくざ》に状況《じょうきょう》を察したようだ。

「おい、悪党、さっさとこの店から出て行け！」

ビシッと野田君が指をさして言い渡すと、ごろつきは「さっきからうるせえな……！」

と額に青筋を浮かべた。

「てめえも床に伸《の》びろ、チビ助《すけ》が！」

罵声《ばせい》と共に繰《く》り出されたごろつきのパンチを、野田君はヒュンッと風のような速さでよけると、次の瞬間には相手の腹部に鮮《あざ》やかな回し蹴《げ》りを炸裂《さくれつ》させた。

ごろつきは勢いよくドアを突《つ》き破り、外へ吹《ふ》っ飛んでいく。

こっちは馬鹿《ばか》みたいに強い！


わあっと周りの客たちが沸《わ》き立つ中、お礼を言うマスターと菜々子ちゃんに「よかったな」と応じてから、野田君と高嶋君は「相席いいか？」と私の方へやってきた。

「どうぞ」

「――なかなかの腕前だな。何者だ？」

低い声が聞こえて振り返ると、いつの間に復活したのだろう、すぐ傍《そば》の壁《かべ》にもたれかかるようにして腕組みをした中村君が、クールな眼差《まなざ》しで野田君たちを見つめていた。

カッコつけてるけど、頬《ほお》、思いっきり腫《は》れてるよ……。

「おれは〈暁《あかつき》の勇者〉、野田大和。国民を苦しめる悪の女王を倒《たお》す旅の途中《とちゅう》だ」

「俺は高嶋智樹。職業《ジョブ》は盗賊《とうぞく》。大和と一緒《いっしょ》に旅をしながら、世界のどこかにあるという妖精界《ニジゲン》への扉《とびら》を探してる……頬、痛そうだな。あんた、魔法使《まほうつか》いだろ？　治してやれよ」

いきなり高嶋君に話を振られて、ビックリした。

ええっ、私、そんなことできるんだ？

「う、うん。こっちへ来て」

まあ夢の中だしな……と思いつつ、手に持っていた魔法の杖《つえ》っぽいものを中村君の腫れたほっぺに向けて、治れ～と念じた途端《とたん》。

キラキラと緑の光が生まれて、みるみるうちに腫れは引いていった。すごいすごい！

密《ひそ》かに興奮したけど、「すげー！」「やるじゃん」「なん……だと？」とみんなも目を丸くしている。

「無詠唱《むえいしょう》で魔法使うとか、初めて見たぜ。名前はなんていうんだ？」

「聖瑞姫だけど……」

「瑞姫！　仲間になってくれ。一緒に悪の女王・朝篠宮《あさしのみや》を倒そう！」

「わ、わかったから、手は離して」

いきなりガシッと野田君に両肩《りょうかた》をつかまれながらスカウトされて、少し狼狽《うろた》えていたら、ゴホン、と中村君がわざとらしく咳払《せきばら》いをした。

私たちの注目が集まると、目をすがめながら、「朝篠宮……？」と呟《つぶや》き始める中村君。

「おっと、挨拶《あいさつ》が遅《おく》れたな。俺の名は竜翔院凍牙。人は俺を〈漆黒《しっこく》の閃光《せんこう》〉と呼ぶ……しかし、それ以外の記憶《きおく》は一切《いっさい》失われているのだ。ただ、その朝篠宮という単語には、不思議とくすぐられる何かがある……俺も、その旅に同行するとしよう」

「……ま、別にいいけど。な、大和」

「ああ。じゃあ今夜は歓迎《かんげい》パーティーだな。これからよろしくな、凍牙、瑞姫！」

運ばれてきたグラスを掲《かか》げて、満面の笑《え》みを浮《う》かべる野田君。

どうでもいいけど、名前で呼ばれると、ちょっと照れる……。

☆★☆

「必殺！　ヤマトストラッシュ！」

野田君が大きな剣をブンと一閃すると、咆哮《ほうこう》を上げながら襲《おそ》い掛《か》かってきた一つ目狼《おおかみ》はどさりとその場にくずおれた。

「くらえ、レインボーラブシャワー！」

シャーッと鳴きながら空中から接近していた羽つき大型トカゲたちには、高嶋君の手からいっせいに放たれたペンライトのような無数の棒が命中し、どさどさと骸《むくろ》が落下していく。

「聖、そっちもくるぞ！」

ハッと視線を向ければ、五十センチもありそうな巨大《きょだい》ムカデに羽が生えたような謎《なぞ》の虫が、ブンブンとうなりを上げながら一直線に私の方に飛んでくる。

ひー、こないで！

とっさに杖を振《ふ》ると、ゴオッと炎《ほのお》が噴《ふ》き出し、謎の虫は跡形《あとかた》もなく消滅《しょうめつ》した。

私、魔法使いで助かった……武器で接近戦とか絶対無理だし。

「フッ、なかなかやるな、聖瑞姫。ならばこの俺も見せてやろう。――ダーククロストルネード！」

体を捻《ね》じ曲げ、腕《うで》を交差させて声高《こわだか》に叫《さけ》ぶ中村君――しかし、なにもおこらなかった！

「クッ……馬鹿な。魔力も封《ふう》じられている、だと……!?」

ブゥーン、と耳障《みみざわ》りな羽音を立てながら突撃《とつげき》してくる巨大ムカデB——危ない！

ヒヤッとしたけれど、刹那《せつな》。

「ヤマトハリケーン！」

斬《ざん》！ と素早《すばや》く割り込んできた野田君が魔物を屠《ほふ》り、事なきを得た。

「こいつで最後だな」

大剣《たいけん》を背中の鞘《さや》にジャキッとおさめながら、呟く野田君。

酒場の出会いから一夜明け——夢の中で一夜を明かすというのも変な感じだけど——私たちは、朝篠宮女王がいるミナカミ城へと向かうため、森の中の街道《かいどう》を進んでいた。

その途中、立派な馬車が魔物の群れに囲まれているところに遭遇《そうぐう》し、救出するための戦《せん》闘《とう》に突入《とつにゅう》したのだった。

「もう大丈夫《だいじょうぶ》だぜ」

傍《かたわ》らに停《と》まっていた立派な馬車へと呼びかけた高嶋君は、中から降りてきた可憐《かれん》な美少女を見て、ギクリとしたように全身を強張《こわば》らせる。

「――助けてくださって、ありがとうございます。あなた方は、命の恩人ですわ」

そう言って私たちを見回したのは、お姫様《ひめ》のようなドレス姿のアリスちゃんだった。

なんでもアリスちゃんは、朝篠宮女王の妹姫だという。

「葵《あおい》お姉さまは、城に侵入《しんにゅう》してきた悪魔に操《あやつ》られているのです。そしてわたくしは、殺されそうになって必死に逃《に》げてまいりました……真相を知り、一人果敢《かかん》に悪魔に立ち向かった芳佳《よしか》お姉さま――宝塚騎士《たからづかきし》団長は、西の森の洞窟《どうくつ》に囚《とら》われの身となっております」

「西の森……確か、凶暴《きょうぼう》なケルベロスが守る洞窟があるって噂《うわさ》を聞いたことがある」

野田君の言葉に、「そこですわ！」と頷《うなず》くアリスちゃん。

「ケルベロスは、〈月虹《げっこう》のウクレレ〉という魔楽器の音を聴《き》かせれば眠《ねむ》ってしまうそうです。そして、その〈月虹のウクレレ〉を携《たずさ》えた吟遊《ぎんゆう》詩人をこの辺りで見かけたという情報は得たのですが、その先の消息がつかめていなくて……」

アリスちゃんはもどかしげにキュッと唇《くちびる》を噛《か》みしめてから、大きな瞳《ひとみ》に切実な色を浮かべて、言葉を継《つ》いだ。

「あなた方の実力を見込んで、お願いいたします。どうか葵お姉さまと芳佳お姉さまを……この国を、救ってくださいませ！」

☆★☆

最初の町へと引き返し、アリスちゃんを送り届けてから、再び街道を進んでいくと、『エターナルフォースブリザード！』という鳴き声と共に青いインコが飛んできた。

そうそう、さっき町に戻《もど》る前に、中村君が何か言いつけてから森の中に放ってたんだよね。

『エターナルフォースブリザード！』

「――ほう、なるほど。でかした、ファウスト」

肩《かた》に留まらせたファウストの言葉に頷いてから、フッと口元をゆるめる中村君。

「吟遊詩人らしき男が、この森の奥深くにある湖の付近に滞在《たいざい》中だという話だ。ファウストが森に棲《す》む動物たちから得た情報――精度は確かだ」

「おおっ、すごいぞ、凍牙！」

「フン、このくらい、造作も無いこと」

目を輝《かがや》かせる野田君の反応に鼻高々な中村君だったけど――

「ただの役立たずじゃなかったんだな！」

高嶋君がそう言ってポンと肩を叩《たた》くと、「や、役立たず……」と顔を引きつらせた。

「貴様、言葉に気を付けろ！　俺は本来ならばこの世界をも滅亡《めつぼう》させるほどの力を有する最強の黒騎士のはずで――」

『エターナルフォースブリザード！』

弁舌《べんぜつ》をふるう中村君の肩からバタバタッと羽ばたいたファウストが、先導するように森の奥へと飛んでいく。

「みゃ〜ご」

「ほら、みんな、行こう」

ベンジャミンを抱《だ》き上げて、私は三人を促《うなが》しつつ、青いインコの後を追っていった。

☆★☆

賢《かしこ》いファウストの案内に従って進んでいくと、やがて目の前に澄《す》んだ湖が現れた。

しかし、あたりに私たち以外の人影《ひとかげ》はなく、湖の畔《ほとり》には一輪の水仙《すいせん》の花が咲《さ》くだけだ。

「誰《だれ》もいないじゃねーか」

「そんなはずは……もしや、すでにこの地を後にしたのか？」

「だとしても、まだそう遠くへは行ってないかもな。この辺を捜《さが》してみよう」

「――待って」

ダッと駆《か》けだそうとする野田君を、とっさに止めた。

吟遊詩人って、たぶん、あの人だよね？

そして、そこに咲く水仙の学名は確か「ナルキッソス」……ギリシャ神話に登場するナルシストの美少年が、語源だったはずだ。

もしかして……と一つの可能性を思いついた私は、魔法《まほう》の杖《つえ》を水仙の前にかざす。

戻れ！　と念じた次の瞬間《しゅんかん》、ボンという音と煙《けむり》とともに、緑の帽子《ぼうし》をかぶった端麗《たんれい》な男子がその場に姿を現した。やっぱり、厨《みくりや》君！

「サンキュー！　マジで恩に着るぜ。あー、ひどい目にあった……」

「人だったのか！　どうして花になってたんだ？」

目を丸くする野田君たちに、厨君はため息交じりに説明を始める。

「俺がそこの切り株に腰《こし》かけて、ニューソングをクリエイトするためにウクレレをかき鳴らしてたら、三人の妖精《ようせい》がやってきたんだ。ソラ、サキ、ニコチーと名乗る彼女たちは、どうやら一つの悩《なや》みを抱《かか》えているようだった」

「ソラちゃんに会ったのか⁉」

いきなり話に割って入ったのは、高嶋君だ。

「クッソ、いいな！　俺もまだ一回しか会ったことないのに！　俺はソラちゃんに再会するためにこの旅を続けてるんだぜ」

「一目惚《ひとめぼ》れってやつか？　まあ確かに三人とも半端《はんぱ》なく可愛《かわい》かったぜ。で、その三人の悩みというのが、神から妖精界に届けられた一つの黄金の林檎《りんご》だ。それには、『一番美しい人へ』というメッセージがついていた」

神様、何やってんですか。それ荒《あ》らし行為《こうい》だよ、絶対！

「なるほど、そこで妖精界のビッグスリーと言われるその三人が選出されたわけだ」

したり顔で相槌《あいづち》を打つ高嶋君……なんでそんなに妖精界に詳《くわ》しいの？

「しかし三人はたがいに譲《ゆず》り合って、いつまでも誰が一番か決められない。このままでは林檎が駄目《だめ》になってしまう……と途方《とほう》に暮れていたところで、この俺に出会ったらしい。そして、尋《たず》ねてきたんだ。『この中で一番美しいのは誰だと思いますか？』」

「みんな、なんて奥ゆかしい……さすがニジゲン女子はどこまでも清らかだぜ。全員可愛いけど、やっぱ断トツでソラちゃんだろ！　おまえもソラちゃんって言ったんだよな？」


「いや……『俺』」


真顔で答えた厨君に、シーンとその場は静まり返った。

「──って正直に言った瞬間、天から雷《かみなり》が落ちてきて、気が付けば水仙になってた。なんだったんだ、アレは！」

たぶん、天罰《てんばつ》じゃないかな。

☆★☆

厨君を仲間にした一行は、一晩森の中で野宿をしてから、アリスちゃんの言っていた西の森へとたどり着いた。

深い森の奥の洞窟《どうくつ》の前には、三つの頭と鋭《するど》い牙《きば》を持った恐《おそ》ろしい犬の魔物——ケルベロスが立ちふさがっている。

「あいつにウクレレで極上《ごくじょう》のミュージックを聴《き》かせてやればいいんだな？　オーケー——ヘイ、そこのイカしたクレイジードッグス！」

茂《しげ》みから飛び出した厨君が呼び掛《か》けるや、ケルベロスの六つの目玉がぎょろりとそちらに集中した。

グルルルルル、と威嚇《いかく》しながら、ギザギザの牙がのぞく三つの口からぼとぼとと涎《よだれ》が零《こぼ》れ落ちる。

「俺のサウンドに酔《よ》いしれな——って、何い!?」

ジャーン、とウクレレを弾《はじ》いた厨君だったが、その自信満々の顔は、すぐさま驚愕《きょうがく》に染まった。

なんと、いつのまにか四本あるウクレレの弦《げん》のうち、二本が切れていたのだ！

「そんな……昨日までは異状はなかったはず……」

焦《あせ》りつつもウクレレをかき鳴らす厨君だったけれど、弦が二本では効果が出ないようだ。

ケルベロスはうなり声を上げながら、ギラリと長い爪《つめ》の光る前足をゆっくりと踏《ふ》み出し、獲物《えもの》に狙《ねら》いを定める体勢に入っている。

厨君はチッと舌打ちをすると、ウクレレを投げ捨てた。

えっ、どうする気⁉　何か他《ほか》に策が……⁉

「こうなったら、俺のビューティフルボイスが奏《かな》でる子守唄《ララバイ》で眠《ねむ》りの底へと誘《いざな》ってやる！」

終わったー！

厨君はすうっと息を吸い込むと、「ボエ〜」と残念な歌声を披露《ひろう》し始める。

駄目だよ、あなたは音痴《おんち》でも、ジャイアンほどの殺傷力はないんだから……！

「ボエ〜」

「ガルルルル……」

「ボエエ〜」

「ガル…………？」

「ボエエ〜」

「…………………？？？」

哀《あわ》れ厨君は魔物の餌食《えじき》に……なるかと思いきや、猛《たけ》り狂《くる》っていたケルベロスの六つの瞳《ひとみ》に、徐々《じょじょ》に戸《と》惑《まど》うような色が浮《う》かんでくる。


こ、これは……ケルベロスは何かを思い出そうとしている⁉


ケルベロスは歌い続ける厨君をじいっと見つめていたけれど、やがて、ハッとしたように六つの目を見開くと、くう〜ん、と甘えるような声をあげて厨君に飛びついた。

「っ……まさか、おまえ……オメガ⁉　オメガ＝グーテンタール＝如月《きさらぎ》なのか⁉」

――なんとケルベロスは、厨君が幼い頃《ころ》飼っていたけれど、訳あって離《はな》ればなれになってしまった犬のオメガが進化した姿だったらしい。

色々ツッコみたい点はあるけど、とりあえず、無駄《むだ》に長い名前がちょうど三頭に振《ふ》り分けられるようにできていた奇跡《きせき》は讃《たた》えたい。

「助けに来たぞ！」

凶暴性《きょうぼう》を失ったケルベロスの後ろを通りぬけて、洞窟の中へと進むと、鉄格子《てつごうし》の奥に騎《き》士《し》の軍服と鎧《よろい》を身につけた宝塚副会長、もとい宝塚騎士団長が閉じ込められていた。

「君たちは……？」

「アリス姫《ひめ》にあんたやこの国を救うよう頼《たの》まれたんだ。——智樹！」

「おうよ」

高嶋君が手早く牢屋《ろうや》のカギを開けたけれど、どうも宝塚騎士団長の様子がおかしい。

「宝塚騎士団長……もしや、目が？」

「ああ、悪魔《あくま》の呪《のろ》いで失明している。巫女《みこ》の血を引く葵さまなら、本来あらゆる呪いを無効化する能力をお持ちなのだが……」

試《ため》しに私が魔法の杖《つえ》を向けて「治れ！」と祈《いの》ってみたけれど、駄目だった。

さすがラスボス（推定）の呪い、そう簡単には解けないか……。

宝塚騎士団長は悔《くや》しげに唇《くちびる》を嚙《か》みしめていたけれど、覚悟《かくご》を決めたように顔を上げ、一つのイヤリングを懐《ふところ》から取り出した。

「この聖なる力が宿ったイヤリングを見せれば、葵さまは正気に戻《もど》るはずだ。今の状態では、私はただの役立たず……君たちに、これを託《たく》していいだろうか？」

「フッ……任せろ。この俺、竜翔院凍牙こそ、世界の絶望の螺旋《らせん》を断《た》ち切る光と闇《やみ》の救世主《メシア》なのだからな……！」

イヤリングを受け取りながら、キメ顔で断言する中村君。

戦闘《せんとう》力は皆無《かいむ》のはずなのに、この無尽蔵《むじんぞう》の自信はどこから湧《わ》いてくるんだろう？

☆★☆

それから三日ほど旅を続け、とうとう朝篠宮女王のいるミナカミ城の付近までたどり着いた。この夢、いつまで続くんだろう……。

城に侵入《しんにゅう》する前夜、宝塚騎士団長に立ち寄るように教えられた村の宿屋に行くと、カウンターには赤い髪《かみ》の長身の青年が立っていた。

「いらっしゃ〜い」

やる気がなさそうに私たちを迎《むか》え入れたのは、九十九君。

「あんたたち、朝篠宮女王に挑《いど》むつもりなんだって？　ミナカミ城は大陸最大の要塞《ようさい》でもあるんだから、そもそも女王のところまでたどり着くのさえ不可能だ……勝てるわけないんだよ。普通《ふつう》に考えたら、さ」

「――その言い方だと、普通ではない策があるように聞こえるが」

中村君が指摘《してき》すると、九十九君はニヤリと唇の端《はし》を吊《つ》り上げた。

「……ま、まずはゆっくり風呂《ふろ》でも入ってから、夕食を堪能《たんのう》したらいいさ。最後《さいご》の晩餐《ばんさん》になるかもしれないからね……命知らずの馬鹿《ばか》たちには、その後、案内してやるよ。トンネルが続く先が楽園《エデン》か終末の日《ラグナロク》かは、知らないけど」

星空の下で露天《ろてん》風呂を楽しみ、夕食を摂《と》った後、九十九君が私たちを連れて行ったのは、宿の裏にある井戸《いど》だった。

「この中が、城内への秘密の通路になっているってわけさ」

ロープを伝って下に降りると、中は真っ暗。入り口付近のわずかな光を増幅《ぞうふく》反射させたベンジャミンの瞳だけが、ぼんやりと輝《かがや》いている。

「松明《たいまつ》を取りに戻ったほうがいいかな？」

「いや、大丈夫《だいじょうぶ》だ。……放て！　おれのサーチライト！」

野田君が額の前に両手でピースを作り、声をあげると、彼の額からピカ――ッとまっすぐな光が伸《の》びた。

光は消えることなく、ヘッドライトのように通路内を照らし出す。これは便利。

「よし、行くぜ！」

「――待て、大和！」

意気揚々《いきようよう》と歩き出した野田君を引き止めた高嶋君は、小石を手に取り、野田君が進もうとした少し先に投げ入れる。直後、地面にガバッと穴が開いた。――落とし穴⁉

覗《のぞ》き込むと、中は鋭《するど》い槍《やり》の穂先《ほさき》がびっしりと並んでいた。

「ふむ……もともと城内からの緊急避難《きんきゅうひなん》通路だろうからな。何も知らぬ部外者が容易に利用できないよう、中には無数の罠《トラップ》が張り巡《めぐ》らされている――というわけか」

腕《うで》を組みながら推察する中村君に、「そーゆーこと」と頷《うなず》く高嶋君。

「この先は俺が先頭で、トラップを解除して進むから、ついてきてくれ」

☆★☆

いくつもの罠を回避して、長い長い通路を進んだ先で、ようやく突《つ》き当たりの壁《かべ》に、上へと続く梯子《はしご》を発見した。

どこに出るかはわからないが、できるだけ見つからないように朝篠宮女王のところまで接近したい。野田君のサーチライトを消して、ゆっくりと梯子を登っていく。

外に這《は》い出た私たちが、現状を把握《はあく》しようと暗闇《くらやみ》に目を凝《こ》らしたその時。

「そこまでです」

冷たい声が響《ひび》くと同時に、パッと室内の照明がついた。わっ、眩《まぶ》しい……！

思わず目を閉じてから、薄《うす》く開いた視界に、一斉《いっせい》にこちらに鋭い剣先《けんさき》を向けるたくさんの兵士たちの姿が飛び込んできて、息をのむ。

待ち伏《ぶ》せされていた……⁉

どうやら、広間のような場所の暖炉《だんろ》が出口になっていたようだが、ズズズ……と暖炉の中から石が動くような音がして、帰り道もふさがれたのがわかった。

「そう簡単に事が運ぶとお思いですか？」

兵士たちの向こうから、虚《うつ》ろな眼差《まなざ》しの朝篠宮女王が淡々《たんたん》と声をあげる。

「女王、これを見ろ！」

野田君が懐から聖なるイヤリングを取り出して見せたけれど——朝篠宮女王の表情は、ピクリとも動かなかった。

どういうこと？　見せればいいんじゃなかったの？

「偽物《にせもの》にすり替《か》えられたことにも気付かず、愚《おろ》かだね……」

混乱する私たちに嘲《あざけ》るような声が降り注ぎ、ハッと振り向くと、柱にもたれかかった九十九君が、ニヤリと笑《え》みを浮《う》かべていた。

ええええええええ、九十九君が、まさかの黒幕——!?

息をのんだ直後。

私の腕から大きく飛び出したデブ猫《ねこ》が、シュタッと朝篠宮女王の傍《かたわ》らに後ろ足だけで着地をし、ニタアッと不気味な笑みを浮かべた。

「よくやったニャ、零《れい》」

「ははあーっ」

偉《えら》そうに顎《あご》を上げるベンジャミンに、ひざまずく九十九君……黒幕はベンジャミンで、九十九君はその下僕だったらしい。つ、九十九君……！

「おまえが、朝篠宮女王を操《あやつ》る悪魔《あくま》だったのか⁉」

「その通りだニャ。この世界で唯一《ゆいいつ》、余の脅威《きょうい》となりうる男が国境近くの町に現れたと知って、待ち伏せて人知れず力を封印《ふういん》してやっただニャ。あとはいつでも殺せたけど、余の掌《てのひら》で踊《おど》るおまえらを眺《なが》めて遊んでいたというわけニャ」

野田君の問いかけに、得意げにネタばらしをするベンジャミン。

厨君のウクレレの弦《げん》がいつのまにか切れていたのも、ベンジャミンの仕業《しわざ》だったんだ！


「待て、その『世界で唯一、余の脅威となりうる男』というのは、俺のことか⁉」

目を輝かせ、頰《ほお》を紅潮させながら言葉を挟《はさ》んだのは中村君だ。

「そういうことニャ。でも力を封印されたおまえはもはや、ただの雑魚《ざこ》ニャ」

「クッ……なんていうことだ……！」

苦悩《くのう》した表情を作ろうとしているけど、中村君の口元は緩《ゆる》んでいる。ちゃんとすごい力を持っていたことが嬉《うれ》しくて仕方ないみたいだ。そんな場合じゃないのに……。

「明日の朝、一人ずつ見せしめとして公開処刑《しょけい》してやるニャ。せいぜい恐怖《きょうふ》と絶望に震《ふる》えて長い長い一夜を過ごすといいニャ。ニャーッハッハッハッハッハ……！」

☆★☆

私たちは、城の地下牢《ちかろう》に閉じ込められてしまった。この中では、魔法も使えなくなってしまうようだ。

「なあ、出してくれよ！　このままじゃ世界はあの悪魔に支配される！　おまえはそれでいいのか⁉」

鉄格子《てつごうし》の向こう側で番をする九十九君に、野田君が必死で呼びかける。

「ベンジャミン様の力は偉大《いだい》だ……誰《だれ》も逆らえやしないのさ」

「いや、それは誤った認識《にんしき》だ」

つまらなそうに答えた九十九君に、鋭く反応したのは中村君だ。

「この竜翔院凍牙なら、あの悪魔をも凌駕《りょうが》しうる力を持つのだ」

「それは過去の話だろう？　あんたの力はすでに封印されてる」

「いや、宝塚騎士《きし》団長が言っていた。朝篠宮女王は、本来あらゆる呪《のろ》いを無効化する能力を持つ、と……つまり女王を正気に戻《もど》せさえすれば、俺は巨大《きょだい》な力を取り戻し、ベンジャミンを倒《たお》すことができるということだ。おまえも下僕の身から解放されるのだぞ?」

「………」

中村君に諭《さと》されても、九十九君は眉《まゆ》をひそめ、無言のままだった。

とはいえ、瞳《ひとみ》は迷うように揺《ゆ》れている。踏《ふ》ん切りがつかないのだろう。

こういう時はどうすれば……――そうだ！

「九十九君……そろそろ正体を明かしてもいいんじゃない?」

私が呼び掛《か》けると、九十九君はキョトンと目を瞬《またた》いた。

「ベンジャミン配下の裏切り者と見せかけて、本当は貴方《あなた》――二重スパイなんでしょ?」

「……っ！」

九十九君の両眼《りょうめ》がハッとしたように見開かれ、ぶるぶるっとその体に震えが奔《はし》る。

「下僕というのも、あいつの懐《ふところ》深くに潜《もぐ》り込むための仮の姿……違《ちが》う？」

私がもう一押しすると、九十九君の口元がニンマリと緩んでいった。

「――ご明察。この世界の命運を託《たく》せる者を最後の最後で見極《みきわ》めるのが、オレの役目――人呼んで〈究極の観察者《ゴッド・アイ》〉。それがこのオレ、九十九零さ」

「ウソつけ！」とツッコみかけた厨君を肘鉄《ひじてつ》で黙《だま》らせる。

せっかく乗ってくれたんだから、余計なことは言わないで！

「オレの正体を見破ったあんたたちなら、この確定された運命《シナリオ》も改変できるかもしれないな。せいぜい、足掻《あが》いてみせてくれよ？」

勿体《もったい》つけた口調で語りながら、九十九君はカチャリと牢屋のカギを開けた。やった！

「ナイス、聖！」

「瑞姫、意外と悪女の才能あんじゃねーの？」

失礼な！　でも、九十九君がチョロくて助かった……。

「よし、行くぞ！」

すぐさま外へ飛び出した野田君を、「ちょい待ち」と呼び止めてから、九十九君はきらりと光る何かを投げて寄越《よこ》した。——聖なるイヤリング！

「オレをガッカリさせないでくれよ……」

得意げに送り出そうとした九十九君の腕《うで》を、「馬鹿《ばか》」と高嶋君が引っ張る。

「おまえも行くんだよ。女王のところに案内しろ！」

「ええっ⁉」

☆★☆

「どけどけー！　邪魔《じゃま》する奴《やつ》は、宇宙《コスモ》の果てまでブッ飛ばす！」

階段を上がるとすぐに兵士たちに見つかったけれど、そこは野田君が特攻《とっこう》隊長になって道を切り開いていった。

鞘《さや》をつけたままの大剣《たいけん》で、立ち塞《ふさ》がる敵をブンブンと薙《な》ぎ払《はら》っていく。

「——あなた方、また……」

「自分を取り戻すんだ、女王！」

朝篠宮女王の部屋に飛び込んで、野田君がイヤリングをかざすと、イヤリングは強い光を放ち、朝篠宮女王が大きく瞳を見開いた。

「……私は今まで、何を……」

ガクリと力が抜《ぬ》けたように床《ゆか》にへたり込みながら、そう呟《つぶや》く女王の目には、叡智《えいち》の輝《かがや》きが戻っていた。

「悪魔に操られていたのだ。詳《くわ》しい説明は後だ。俺にかけられた呪いを、解いてくれ」

中村君がひざまずいて真剣な面持《おもも》ちで頼《たの》み込むと、切迫《せっぱく》した状況《じょうきょう》を理解したらしい朝篠宮女王は小さく頷《うなず》き、何やら呪文《じゅもん》を詠唱《えいしょう》し始める。よかった、勝機が見えた……！

ホッとしたのも束《つか》の間。

ドオオオオオオオン！

轟音《ごうおん》とともに、爆風《ばくふう》が巻き起こり、その場の全員が奥の壁《かべ》に叩《たた》きつけられた。

……何が起こったの……？

「貴様ら……おとなしく捕《と》らえられていればいいものを……！」

痛みをこらえながら顔を上げると、破壊《はかい》された壁の向こうから、怒《いか》りに全身の毛を逆立てたベンジャミンが、私たちを睨《にら》みつけていた。

「余は怒《おこ》った。貴様らは、ここで皆殺《みなごろ》しニャ！」

ベンジャミンの前足の上に、大きく渦《うず》を巻いた巨大な黒い塊《かたまり》がぶわっと出現し、同時に湧《わ》き起こった物凄《ものすご》い風圧に、吹《ふ》き飛ばされそうになる。

こんなの食《く》らったら――！

「終わりニャ」

ベンジャミンの口元に残虐《ざんぎゃく》な笑《え》みが浮《う》かび、ブラックホールのような黒い塊が、容赦《ようしゃ》なくこちらに投げつけられた。

「………っ！」

ゾッと恐怖《きょうふ》に身をすくめた次の瞬間《しゅんかん》。

疾風《しっぷう》のごとく飛び出した細身の影《かげ》が、神速で剣を抜き放つ。

膨大《ぼうだい》なエネルギーを帯びた黒い塊は、眩《まばゆ》い光を放つ剣閃《けんせん》に一刀両断され――消滅《しょうめつ》した。


「ニャ、ニャんだと……!?」

「――封印《ふういん》は解かれた。おまえの野望もここまでだ」

凛《りん》とした声が響《ひび》き渡《わた》り、神聖な青白いオーラを全身に纏《まと》った中村君が、冷徹《れいてつ》な眼差《まなざ》しで敵を見据《みす》える。

「野田大和。高嶋智樹。九十九零。厨二葉《ふたば》。そして、聖瑞姫。今こそ、あの呪文を唱える時だ。準備はいいか?」

「「「「おう!」」」」

中村君の声に応じて、ざっと立ち上がる一同。え、やっぱり私も!?

「至高なる天上の熾天使《してんし》セラフィム、混沌《こんとん》の覇者《はしゃ》たる大魔王《だいまおう》ルシファー。相反する汝《なんじ》らの無尽《むじん》のエネルギーを融合《ゆうごう》し、今ここに最後の審判《しんぱん》を下せ。凍《い》てつく氷と吹雪《ふぶき》の華《はな》で全《すべ》てを覆《おお》い尽《つ》くさん。古《いにしえ》の契約《けいやく》のもとに我が召喚《よ》び声に応《こた》えよ——秘奥義《ひおうぎ》」

みんなで手をかざして、声をそろえた。せーの！

「「「「「エターナルフォースブリザード！」」」」」

ごおおおおっと凄《すさ》まじい吹雪が巻き起こり、デブ猫《ねこ》を直撃《ちょくげき》する。
ベンジャミンの首に巻かれていた数珠《じゅず》の首輪がはじけ飛び、にごった鳴き声が轟《とどろ》いた。
「フニャアアアアアアアアア————！」

☆★☆

ジリリリリリリ、とけたたましく鳴る枕《まくら》もとの目覚ましを、手探《てさぐ》りで止める。
目を開けると、見慣れた自分の部屋の天井《てんじょう》が見えた。

やっと、目が覚めたか……とホッとすると同時に、頰《ほお》が熱くなるのを感じる。

……こんな厨二《ちゅうに》全開な夢を見るなんて……不覚……！

朝からなんか疲《つか》れた……とため息をつきつつ登校していたら、校門の少し前で、中村君に会った。

「聖瑞姫か。ここで邂逅《かいこう》したのも何かの運命……特別に、これを見せてやろう」

勿体《もったい》ぶりながらもウキウキとした様子で中村君がポケットから取り出したのは、スーパーボールくらいのサイズの、紫《むらさき》の玉。

「今朝、うっかりまたファウストを籠《かご》から放してしまってな。幸いすぐに帰還《きかん》したのだが、その折、この玉をくわえていたのだ。俺にはわかる……これは神秘の力を宿した宝珠《ほうじゅ》……む？　どうした、聖瑞姫？」

この玉、ベンジャミンが着けてた首輪の数珠にめっちゃ似てる気がするんだけど……。

まさか、中村君の妄想《もうそう》世界が本当にどこかに存在してたりして⁉

――いやいや、そんなことあるわけないし！

「なんでもない。鳥ってそういう光り物好きだっていうもんね」

気のせい気のせい、ただの偶然《ぐうぜん》だ……と自分に言い聞かせながら、私は全てを忘れることに決めたのだった。

これで終わったと
思うなよ・・・
第三、第三の
ベンジャミンが・・・・
ズモモモ

第二章
おばあちゃんメモリアル

「実は昨日、死んだばあちゃんから手紙がきたんだ」

この日、ようやく五日にも及《およ》ぶ学年末テストが終わり、久々に部活を再開したヒーロー部の部室で。

全員そろったのを見計らったようなタイミングで、そんなことを話しだした野田君に、一緒《いっしょ》にこたつを囲んでいたメンバーたちは、一様に目を瞬《またた》かせた。

「ほう、死後の世界からの手紙……というわけか？」

キラン、と眼鏡を光らせる中村君に、「違《ちが》う違う」と首を振《ふ》る野田君。

「どうも、おれが高校生になったら渡してくれって、おふくろがばあちゃんから頼《たの》まれてた手紙があったらしくて。それが昨日届いたんだ」

野田君は高校生になってから、ずっと一人暮らしをしている。

去年の春からお父さんが転勤になって、お母さんもそれに付いていっているということだから、転勤先から送ってくれたってことか。

「『高校生になったら』ってもうすぐ俺たち二年だぜ？」

「去年は引っ越《こ》しとかでバタバタしてて、うっかり忘れてたらしい」

野田君の答えに、「おばさんらしいな～」と笑う高嶋君。

さすが野田君のお母さん……大らかな人みたいだね。


「それで、どんな手紙だったわけ？」

「それが普《ふ》通《つう》の手紙じゃなくて、宝の地図みたいなんだ」

「「「宝の地図!?」」」

厨病《ちゅうびょう》ボーイズの瞳《ひとみ》が、あからさまに輝《かがや》き始める。

「あ、地図……てのはちょっと違うか。なんか、暗号っぽい不思議な文章がいくつも書かれてて、それを全部解くと、宝の隠《かく》された場所がわかるようになってるみたいなんだ。だが、おれだけじゃ太刀《たち》打《う》ちできそうにない――どうか、みんなの力を貸してくれ！」

「宝の在り処《か》を示す暗号文……か。おもしろそーじゃん」

「ああ、任せろ。この竜翔院凍牙に解けない謎《エニグマ》はない」

「暗号はスパイの基礎《きそ》教養だ。オレに声をかけたのは英断といっていいだろうね」

「ま、暇潰《ひまつぶ》しにはベストなんじゃねーの？」

みんなノリノリみたいだ。確かに、実際お宝が眠《ねむ》ってるかどうかは別として、宝の地図って言葉にはロマンがあるよね。暗号文も……いったいどんなものなんだろう？

☆★☆

手紙を家に置いてきたというので、みんなでそのまま野田君宅に移動することになった。

学校から徒歩だと三十分ほどの下町に、野田君の自宅はあった。

ちなみに高嶋君の家もこのご近所で、野田君は基本的に毎日、夕ご飯を高嶋君の家でご馳走《ちそう》になってるんだって。閑話休題《かんわきゅうだい》。

野田君宅は、石垣《いしがき》に囲まれた、古そうだけれど趣《おもむき》のある木造建築の一軒家《いっけんや》。

程《ほど》よく草木の茂《しげ》る庭の真ん中に植えられた梅の木は、丸みを帯びた可愛《かわい》らしい白い花がぽこぽこと枝から零《こぼ》れそうなほど咲《さ》き誇《ほこ》って、まさに見頃《みごろ》を迎《むか》えていた。

まだまだ寒い日が続く中、健気《けなげ》に花開く梅を見ると、すごく嬉《うれ》しくなる。

春はもうそこまできてますよ、って励《はげ》ましてくれているみたいで。

玄関《げんかん》に鍵《かぎ》を差し込んで、野田君ががらりと引き戸を開ける。

「入ってくれ」

「お邪魔《じゃま》しまーす」

慣れた様子で足を踏《ふ》み入れる高嶋君に続いて、私たちもぞろぞろとお宅に上がった。

大ざっぱな野田君が一人暮らししているというから、下手したらゴミ屋敷《やしき》みたいになってるんじゃ……と思ってたけど、意外に中はよく掃除《そうじ》されているようで、塵《ちり》一つ落ちていない。窓から差し込む光に照らされる廊下《ろうか》や柱は、深みのある飴色《あめいろ》に磨《みが》き上げられていた。

私たちが案内されたのは、縁側《えんがわ》のある二間続きの和室。

野田君はまっすぐに奥へと進んでいくと、仏壇《ぶつだん》の前に腰《こし》を下ろし、手を合わせる。

「ばあちゃん、ただいま！　今日はおれの仲間を連れてきたぜ」

仏壇には、優《やさ》しそうなおばあちゃんの写真が飾《かざ》られていた――。

「ばあちゃんはおれが六歳の時死んじゃったけど、ずっと一緒に住んでたんだ」

ちゃぶ台でみんなのコップにペットボトルのお茶を注ぎながら、野田君が説明してくれる。

「大和が一人でここに残ってるのは、おばあちゃんが大事にしてたこの家を守るためなんだよな」

「ああ。ばあちゃんはじいちゃんと暮らしたこの家が大好きで、いつもピカピカに掃除してたから。ばあちゃんがいなくなった後は、できるだけおれが守るって決めたんだ」

高嶋君の言葉に、頷《うなず》く野田君。

「どんな時もにこにこして、すごく優しいばあちゃんだった。おれが何をしても、すごいすごい、この子は天才だって褒《ほ》めてくれて、他《ほか》の大人たちに叱《しか》られてる時も、いつもかばってくれて……」

「大和はしょっちゅう泥《どろ》だらけになって、年上の奴《やつ》らと大喧嘩《おおげんか》したり、カエルを何十匹《ぴき》も幼稚園《ようちえん》に放ったり、家中を泡《あわ》だらけにしたり、色々やらかしてたもんな」

泡だらけって何⁉

相当わんぱくだったんだね。それはお母さんたちも大変だっただろうな……。

「おふくろからは毎日のように叱られてたけど、ばあちゃんが怒《おこ》るところは一回も見たことがなかった……この茶碗《ちゃわん》」

そう言いながら野田君が見せてくれたのは、仏壇に置かれていた、深緑の茶碗。

一度割れたものをくっつけたようなヒビが、いくつも入っている。

「おれが生まれる前に死んじゃったじいちゃんが、ばあちゃんにプレゼントしたもので、ばあちゃんの宝物だった。でもある日、おれがボールで遊んでる時に割っちゃったんだ」

「うわ……」

「それは……頭の中が真っ白《ブランク》になるな」

思わず顔をしかめる一同に、頷く野田君。

「大変なことをした、って動けないでいたら、割れた音を聞いたばあちゃんがやってきて……バラバラになった茶碗を見た時のばあちゃんの辛《つら》そうな顔は、今でも忘れられない。

でも、そんな顔をしたのは一瞬《いっしゅん》で、すぐに近くで固まってるおれに気付いて、心配そうに『怪我《けが》はしてない？』って聞いてくれたんだ。おれは、ばあちゃんがその茶碗を毎日磨いては、じいちゃんのことを思い出してたのを知ってたから、申し訳なくて、謝ることもできなかった。ただ、黙《だま》りこくって、首を横に振《ふ》ったら、ばあちゃんは『怪我がないならよかった』って……本当はすごく悲しかっただろうに、笑って、おれの頭を撫《な》でてくれた。『大丈夫《だいじょうぶ》だよ』『おばあちゃんは元気な大和君が大好きだから、泣かなくてもいいんだよ』って」

「……素敵《すてき》なおばあちゃんだね」

「だろ？」

温かいものが胸に灯《とも》るのを感じながらしんみりと感想を漏《も》らすと、野田君はにっこりと破顔した。

「おお……おうっおっ……おおう……」

突然隣《とつぜんとなり》から奇妙《きみょう》な声が聞こえてそっちを見ると、中村君が号泣《ごうきゅう》していた。

「……す、すまない……俺としたことがティッシュを切らしていて……」

「あー、ハイハイ、使っていいよ」

九十九君が渡《わた》したポケットティッシュでちんと洟《はな》をかむ中村君。

「俺も大和のおばあちゃんには可愛がってもらったな〜。『ちゃんと挨拶《あいさつ》できてえらいねえ』って、いつもお菓子《かし》をいっぱいくれたの、覚えてる」

懐《なつ》かしそうに話す高嶋君に、「そうだったな」と相槌《あいづち》を打って、野田君はおばあちゃんの写真に目を向けた。

「テレビで特撮《とくさつ》を見るときは、よくばあちゃんのひざの上で見てた。ばあちゃんは言ってた……『大和君もヒーローみたいに弱い人や困っている人を助けられる男の子になってね』って」

野田君がヒーローを目指すルーツは、そんなところにあったんだ……！

「——そんな祖母から、高校生の野田大和へと向けて送られてきた暗号文……か。これはなんとしても、解読しなければ、な」

何事もなかったようなすまし顔で、眼鏡のブリッジを上げながら中村君がキリッと言うと、一同、力強く頷いた。

「じゃあ、いよいよミッションにとりかかろう。送られてきた封筒《ふうとう》に入ってたのは、この一枚の紙。①~⑦までの問題を解いて、最後のクロスワードを埋《う》めれば、宝にたどり着けるはずなんだ」

そう言いながら、野田君がちゃぶ台に広げたのは、こんな手紙だった——。

⑥ ビサデイ

※先読みが大事

⑦ 安、朴、子、木、好、外

※似タモノ同士ハケサレル。

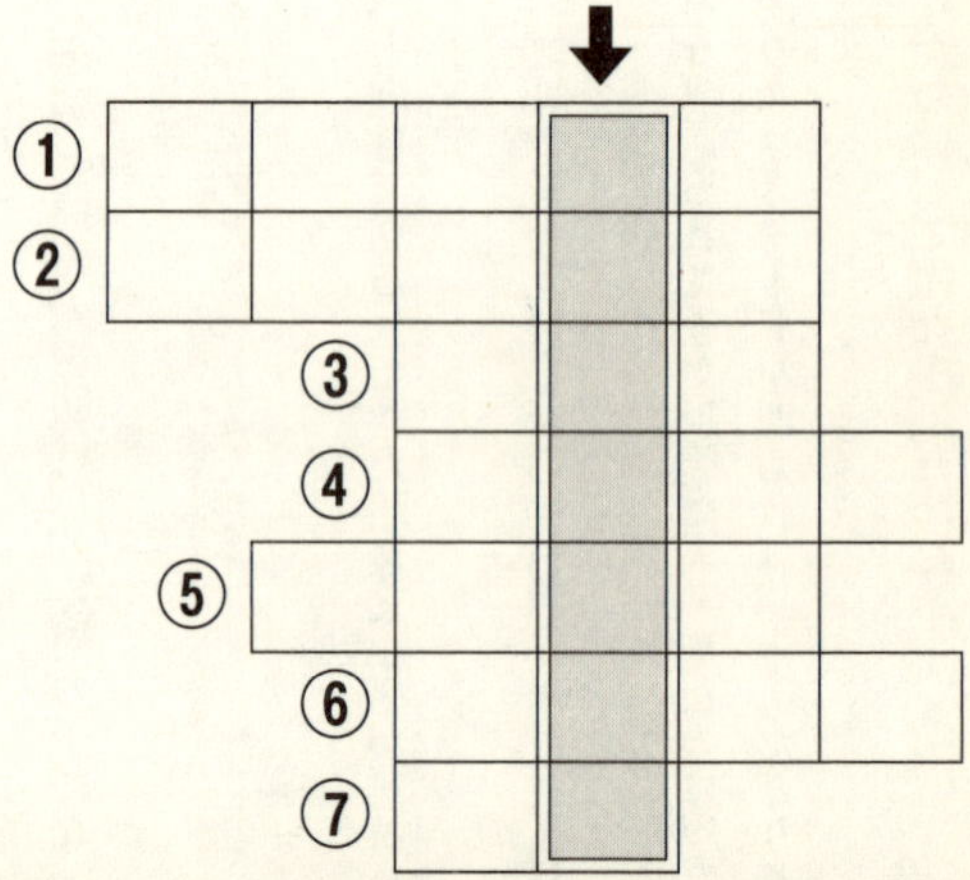

※宝ハ、矢印ノ先ニアル。

①

ニ	ゲ	カ	ス	？	キ	ド
				？		
				？		
		ビ		？		ビ
ビ	ビ		ビ	？	ビ	

②

アユトイセワ

※逆行セヨ

※我《ワ》ガ名《ナ》歪《ユガ》メ聖杯《セイハイ》

③

火×2＝？

④

ウルトラセブン＝5/7
キカイダー＝1/5
ガメラ＝1/3
ゴレンジャー＝3/6

⑤

	関	
極		京

	闇	
暗		母

「おれは③しかわからなかった」

あっけらかんと野田君が言った直後、九十九君がニヤッと頬《ほお》を緩《ゆる》めた。

「⑥はわかったよ」

「早っ、なんで？」

「先読みってあるから、五十音で一つ先の文字に置き換《か》えたらいいのさ。暗号では、文字ずらし、文字飛ばし、逆さ読みあたりは基本中の基本だからね」

「その基本中の基本が解けたくらいでドヤってんじゃねーよ。——⑦もわかったぜ」

鼻高々な九十九君に呆《あき》れたようにツッコんでから、厨君が断言する。

「女、木、ト、子……ペアになる字を消去《デリート》していけば、残るのは……」

「⑤は共通して当てはまる漢字を探せばいいのだな。そして見つけた二つの漢字を組み合わせてできる熟語がキーワードとなるはず——フッ、智慧《ちえ》の女神《めがみ》の祝福を受けたこの俺の瞼《まぶた》には一瞬《いっしゅん》で解答が浮《う》かび上がったぞ。読み方は二種類あるが、ここは訓読みの方だろう」

キラッと眼鏡を光らせて、得意げな中村君……みんな早いな。

私は④の問題にとりかかろう。

「キカイダーとかガメラっていうのも、特撮ヒーローや怪獣《かいじゅう》の名前だよね？　この日付は、番組の放送開始日とか？」

「いや、おれも調べてみたけど、そういう関連はなさそうだった」

「うーん、それじゃあ日付じゃないのかな……七分の五とか、五分の一とか？」

そういえば、ウルトラセブンは七文字だし、キカイダーは五文字、ガメラは三文字でゴレンジャーは六文字……全部、後ろの数字と同じ文字数だけど……？

「やべー、全然わかんねえ」

私同様、頭を抱《かか》えているのは高嶋君だ。

「ニゲカスキドにビビビビビってなんだよ⁉　縦のマスに言葉が入るのか？　で、最後がビで終わる言葉……？」

「横のマスは何個あるんだ？　そういうのは同じシリーズのものが集まってるパターンが

スタンダードだぜ」

厨君のアドバイスに「へえ」と感心したように相槌を打つ高嶋君。

「横は七つだな。七つあるものと言えば………あっ！」

高嶋君が「わかった！」と叫《さけ》んだのとほぼ同時に、私も④の解き方を閃《ひらめ》く。

5／7は、七文字の中の五番目を読めってことじゃない？　だとしたら……！


最後まで残ったのは②だった。みんなで集まって、頭をひねる。

「逆行ってことは、とりあえず逆さに読むんだと思うんだよね。ワセイトユア。問題は、その次」

『我《ワ》ガ名《ナ》　歪《ユガ》メ　聖杯《セイハイ》』……すごく厨二《ちゅうに》っぽい単語が並んでるけど……どうしろっていうんだろう？

「とりあえず、オールカタカナにしてみるか。『ワガナ　ユガメ　セイハイ』」

「——謎《なぞ》は全《すべ》て解けた！」

推理小説の終盤《しゅうばん》の名探偵《めいたんてい》のようなことを言い放つ中村君。

「これはいわば、かの初歩的な暗号『たぬき』と同様のものだ」

「たぬき……って、文章からたの字をぬいたら、正しい言葉が出てくる系の？」

目を瞬《またた》く私に、「うむ」と力強く頷《うなず》く中村君。

「いざ、メタモルフォーゼ！　ワがナ、ユがメ、セイはイへ形態変化！　そして浮かび上がるパスワード——」

なるほど！　これで全部の答えがそろったね。
①がモクヨウビ。
②がナイトメア。
③がホノオ（炎）。
④がセキガン。
⑤がシノノメ（東雲）。
⑥がブシドウ。
⑦がウタ。
①から⑦までのすべてのマスを埋《う》めて、矢印の下を読むと……『ウメノキノシタ』。

――『梅の木の下』！

☆★☆

「あった！」

庭の梅の木の下をシャベルで掘《ほ》っていくと、四角い箱が埋められていた。

穴の縁《ふち》にひざまずいた野田君が、箱を手に取り蓋《ふた》を開けると、中には写真と、七夕《たなばた》の短冊と、折りたたまれた手紙がそれぞれ一枚ずつ、入っていた。

写真には、頭にウルトラマンのお面をつけたくりくりした瞳《ひとみ》の幼い男の子――野田君だ――と、彼をひざにのせたおばあちゃんの姿が写っている。

短冊には、『ばあちゃんが　はやくげんきになりますように』と拙《つたな》い文字で書かれていた。「ち」や「す」が鏡文字になっていたり、「よ」の丸の向きが逆になっていたりして、可愛《かわい》らしい。

そして、手紙――。

「…………」

紙面に視線を落とした野田君は、一度口を開きかけたけれど、すぐにつぐみ、黙《だま》って高嶋君に手紙を差し出した。

読み上げようとしたけれど、懐《なつ》かしいおばあちゃんの筆跡《ひっせき》を見て、声が出なくなってしまったようだった。

代わりに高嶋君が、聞き心地《ごこち》のいい中低音で音読を始める。

『大和君へ。

難しかったかな？　でも大和君なら一人では解けなくても、友達と力を合わせてきっと見つけてくれると信じていました。

この手紙を読んでいる大和君は、高校生になっているんだよね。学校は楽しいですか？

智樹君とはずっと仲良しですか？　ヒーローはまだ好きですか？

今ばあちゃんの傍《そば》にいる六歳の大和君は、テレビのヒーローが大大大好きで、毎日戦いごっこをしたり、必殺技《わざ》を編み出したり、地球を守るために強くなるんだと言って、一生懸命《いっしょうけんめい》自分で考えた修行《しゅぎょう》をしたりしています』

……今も同じです……！

『大和君はわんぱくで、誰《だれ》も思いもしないようなことをたくさんします。この間は、家中を泡《あわ》だらけにして、お母さんにいっぱい怒《おこ》られました。だけど、あれはばあちゃんが大嫌《だいきら》いなゴキブリを退治するために、家中をピカピカにしようとしてくれたんだよね』

家中泡だらけ事件には、そんな背景があったんだね。
野田君はギュッと両手を握《にぎ》り締《し》めて、少し怒ったみたいな硬《かた》い表情で、目の前の梅の木の幹を見つめている。

『ばあちゃんが荷物を持っていたら、小さな体で頑張《がんば》って運ぶのを手伝ってくれたり、七夕ではばあちゃんの病気を心配して、早く治るようにお願いしてくれたり……大和君はばあちゃんにとっての、ヒーローだったよ。

いつも元気いっぱいで可愛い大和君のばあちゃんになれて、幸せでした。
たくさんの素敵《すてき》な思い出をありがとう』……」
一瞬《いっしゅん》、高嶋君の声が震《ふる》えたけれど、一呼吸置いてから、またよく通る声が響《ひび》き始める。
「『この先、きっと楽しいことや悲しいことがたくさんあるでしょう。
将来に迷う時も、人間関係で悩《なや》む時もあると思います。
どうしようもなく理不尽《りふじん》な目に遭《あ》って、やるせない気持ちになったり、
自分が嫌いになって消えてしまいたくなったりする時もあるかもしれません。
だけど、どうか負けないで。
どんな時も夢見ることを忘れないで、大好きなものを信じて、
まっすぐに進んでください。
そして、大和君が憧《あこが》れる最高にカッコいい【ヒーロー】になってください。
いつも、見守っています。
ばあちゃんより』」

野田君は口元を引き結んだまま、満開の梅の木を見上げた。

大きな瞳をいっぱいに瞠《みは》って、零《こぼ》れそうになった涙《なみだ》を、こらえているようにも見えた。

「……ありがとう、ばあちゃん」

囁《ささや》くような彼の言葉に応《こた》えるように、ふわりと風が吹《ふ》き抜《ぬ》けて、あたたかい春を予感させる梅の香《かお》りが、優《やさ》しくあたりを包み込んだ……。

☆★☆

「みんな、協力してくれてありがとな」

ほどなくして、野田君は立ち上がり、いつもの明るい笑顔《えがお》で一同を見回した。

「まあ、オレもそこそこ楽しませてもらったし？」

「テスト明けのスタートアップには、最高だったぜ」

「……なかなか悪くないグスッ……一幕ヒック……」

みんなが微笑《ほほえ》み返す中、中村君はまだ涙が止まらないみたい。

「目が真っ赤だぞ～、竜翔院」

「フン……俺の魔眼《まがん》がこの地に満ちるエネルギーに触発《しょくはつ》されヒック、力を抑《おさ》えきれなくなっているのだ」

「魔眼、かっけー！」

屋内へ移動を始めたその時、野田君が手に持った箱から、カタンと音がした。

中には、そんな音がするものは入っていないはずなのに……？

「まさか……二重底⁉」

縁側《えんがわ》から和室に飛び込んで、カッターを手にした野田君は、慎重《しんちょう》に箱を解体する。

案の定、底だと思っていたところの更《さら》に下が空洞《くうどう》になっていて、まだ何かが入っていた。

野田君が取り出したのは、一枚のメモと——複数のバッジ？

「『ふふふ、よくぞこのカラクリに気が付いた！　これは、十五歳になった君に贈《おく》るヒーローの証《あかし》です。古来、十五という節目の歳《とし》は英雄《えいゆう》の旅立ちの刻《とき》でした。世界の平和を守るために、いざ、勇者よ、出陣《しゅつじん》せよ！』——うおおお、すげー！」

メモに書かれた言葉とバッジを見比べて、大興奮する野田君。

……え、何、このテンション。野田君のおばあちゃんも、まさかの、厨二病《ちゅうにびょう》!?

ヒーローになれって、比喩《ひゆ》じゃなく、そのままの意味でガチでヒーローのことを言ってたの!?

……思い返すとあの暗号文なんかも、色々と厨二くさかったけど……。

苦笑《くしょう》しながら、高嶋君が言う。

「大和のおばあちゃん、特撮《とくさつ》が超《ちょう》好きで、ビデオや関連本をいっぱい持っててさ……大和は物心つく前からおばあちゃんの英才教育を受けて育ったんだ」

――なんてことしてくれたんですか、おばあちゃん!!!

「『仲間たちにも配ってね』ってみんなの分もあるぞ! ピンク、イエロー、ブラック、グリーン……」

嬉々《きき》としてみんなに配っていく野田君……え、どうしよう、これ……。

野田

「あれ、パープルだけない……？」

「えっ……いや、別にいらないし！」

「案ずるな。そっくりなヤツを特注するからな！　今こそ『特別創部手当』の出番だ！」

「マジでいらないから、こんなことに部費使うなって！」

「――一つ、人より力持ち。二つ、不屈《ふくつ》の闘争心《とうそう》。三つ、みんなの笑顔のために……――おれ、推参！」

バッジを胸につけた野田君が、ビシィッと決めポーズをしてから、生き生きとした笑顔で空に叫《さけ》んだ。

「任せろ、ばあちゃん！　無敵のヒーローに、おれはなる！」

第三章 デート!!! オンアイス

部室のこたつで読書をしていたら、不意に隣《となり》から小さなため息が聞こえた。

「どうしたの、アリスちゃん？」

「あ、いえ、なんでもありませんわ」

私が首を傾《かし》げると、サイドテールに翠《みどり》の瞳《ひとみ》の美少女はギクッとしたように体を強張《こわば》らせた。その頰《ほお》が、ほんのりと桜色に染まっていく。

つい先日卒業式が無事終わり、生徒会の仕事も一段落して久々にヒーロー部にやってきたアリスちゃんが手元に広げているのは、ファッション雑誌の、星占《ほしうらな》い特集だった。

開かれたページには、『気になる彼との相性《あいしょう》は⁉　十二星座一覧表』という文字と、○や×が並んだ表が載《の》っている。

「アリスちゃんは、何座なの？」

「わたくしは魚《うお》座ですわ」

「――十二星座は四つのエレメントに分類できることは知っているか？」

そばで哲学《てつがく》書を開いていた中村君が、口を挟《はさ》んだ。

「牡羊《おひつじ》・獅子《しし》・射手《いて》が火の星座、牡牛・乙女《おとめ》・山羊《やぎ》が地の星座、双子《ふたご》・天秤《てんびん》・水瓶《みずがめ》が風の星座、蟹《かに》・蠍《さそり》・魚が水の星座……性格は四大元素のイメージ通り、情熱的で行動力があるのが火、堅実《けんじつ》で現実的なのが地、自由でクールなのが風、感受性豊かで精神世界を重視するのが水。同じエレメントの星座同士は相性が最高であり、火をより燃やす風、地を潤《うるお》す水というように互《たが》いを高め合うその二グループ同士も好相性。逆に、火を消してしまう水、地を荒《あ》らす風の二グループ同士は相性が悪いという」

へえ、そんなファンタジーちっくな分類方法もあるんだ。

実際当たってるかはともかくとして、なかなかおもしろいし、覚えやすい。

ええと、高嶋君は確か牡羊座だったよね。

で、アリスちゃんは魚座だから、火と水……あらら、あんまり相性は良くないみたい。

雑誌に載っている『十二星座一覧表』でも、二つの星座が交わる先には×が書かれていた。

恋《こい》する乙女のアリスちゃんは、この結果を見て落ち込んでしまったようだ。

「占いなんて気にしなくて大丈夫《だいじょうぶ》だよ。うちのお父さんとお母さんも地と風で相性悪い同士だけど、結婚《けっこん》したし」

「結婚……て、そんな。そもそも好きな人なんていませんし！」

真っ赤になって力いっぱい否定しながらも、アリスちゃんは反応が気になるみたいに高嶋君にチラッと視線を送る。

「うおおおおお、ひな祭りガチャ、空良《そら》ちゃんＵＲキター！　大天使降臨！　見ろよ厨、この空良ちゃんはヤバい！　作画神だろ⁉」

スマホを見つめながら大騒《おおさわ》ぎする高嶋君は、全然こっちのやり取りは聞こえていないようだった。

アリスちゃんは安心したような、でも少し寂《さび》しそうな複雑な表情で、雑誌に目を落とした。


「魚座ってことは、もしかして誕生日、もうすぐ？」

ふと思いついて尋《たず》ねると、はい、とアリスちゃんが頷《うなず》いた。

「三月七日です」

「七日って、明日《あした》⁉　そうなんだ……なにかお祝いしなきゃね」

「そんな……その気持ちだけで十分ですわ」

アリスちゃんは笑顔《えがお》でそう言ってくれたけど、せっかくだし、プレゼントとか用意したいな。明日は土曜日で学校は休みだけど……。

アリスちゃんが喜ぶようなものってなんだろう？

首をひねっていたところで、高嶋君のスマホが鳴った。

「吉住先輩《よしずみせんぱい》……？　あっ、やべ！　――もしもし、すみません、今から行きます！」

焦《あせ》った表情で答えた高嶋君は、慌《あわ》ただしく上着を羽織り、荷物を持って立ち上がる。

「放送委員会あったの忘れてた。――大和、明日、十時に駅な」

「おー」

「じゃ、みんな、また来週！」

部員たちに手を振《ふ》って、部室を飛び出していく高嶋君。

「……野田君、明日どっか行くの？」

「ああ。智樹とスケート」

――これだ！

☆★☆

「お待たせしました！」

「ううん、全然。コート可愛《かわい》い！」

三月七日、土曜日。

待ち合わせの駅前でパタパタと駆《か》け寄ってきたアリスちゃんに、私は声を弾《はず》ませた。

真っ白なAラインコートは、アリスちゃんの無垢《むく》なお嬢様《じょうさま》っぽさを際立《きわだ》たせて良く似合っていた。

肩《かた》には大きな鞄《かばん》をかけているけど……。

「もしかして、お弁当つくってきた？」

「はい。……余計なことだったでしょうか？」

心配そうに顔を曇《くも》らせるアリスちゃんに、全然、と大きく首を振る。

「すごくいいと思う。──あ、アリスちゃん、お誕生日おめでとう」

そう言いながら差し出したのは、昨日、下校途中《とちゅう》の文房具《ぶんぼうぐ》屋さんで買ったプレゼント。

「わあ、可愛い！　ありがとうございます」

包装紙の中から出てきた香《かお》り付きの蛍光《けいこう》ペンセットと、アニマル付箋《ふせん》を見て、パッと顔を輝《かがや》かせるアリスちゃん……喜んでくれてよかった。

「じゃあ、行こうか。急だったけど、予定とかなかった？」

「大丈夫です……でも、あの、本当にいいんでしょうか？　厚かましいと思われないでしょうか？」

「そんな気は回さなくて大丈夫！　アリスちゃんは私に誘《さそ》われて遊びに来ただけなんだから」

今日この日、高嶋君と野田君がスケートに行く予定だと知った私は、アリスちゃんも誘って、デートをプレゼントしようと思いついたのだった。

ちなみに、この件は彼らには内緒《ないしょ》だ。高嶋君はデートなんて知ったらビビッて逃《に》げちゃうかもしれないし、嘘《うそ》がつけない野田君はポロッとばらしちゃう危険があるから。

「実際、人がいっぱいいるだろうし、うまく高嶋君たちに合流できるかわからないけど

「……」

「それならそれで、かまいませんわ。聖さ……瑞姫ちゃんと、こんな風にお出かけできるだけで嬉《うれ》しいです」

はにかんだように笑いながらそう言ってくれるアリスちゃんに、キュンと胸が高鳴った。

うん、実は私も、アリスちゃんと休日に遊びに行けることが嬉しくて、昨日からずっとわくわくしてたんだ。恥《は》ずかしくて、口には出せないけど……。

「今日は楽しもうね」とだけ言うと、「はい」とにっこり微笑《ほほえ》むアリスちゃん。

ああ、可愛いなあ……正直、アリスちゃんのためにはもっと他《ほか》にいい人見つけた方がと思わなくもないけど、好きなんだもんね。

今日のデート、どうかうまくいきますように！

☆★☆

そしてたどり着いたのは、オールシーズン利用できる屋内スケート施設《しせつ》。カフェやゲームセンター、ボウリング場なども併設《へいせつ》されていて、一日中遊べるような場所だ。

今は期間限定で『アイライブ！』とコラボ企画《きかく》をしているらしく、入り口にはキャラの等身大パネルがいくつも飾《かざ》られていた。高嶋君の目的はこれか……。

互《たが》いに近所に住んでいる彼らが待ち合わせた駅はきっと自宅の最寄《もよ》り駅だろうから、そこから計算すると、私たちより少し先に到着《とうちゃく》してるくらいのはずだった。

スケート靴《ぐつ》を履《は》いて、リンクの方へと行くと、ラッキーなことに高嶋君たちの姿はすぐに見つかった。

やっぱり目立つんだよね、この人たち。

二人ともスケートは得意みたいで、スイスイ滑《すべ》ってるし……特に派手な金髪《きんぱつ》＋外見だけはパーフェクトイケメンな高嶋君は、ここでも周囲の女子の注目を集めているようだ。

「ね、あの人カッコいい……！」

女子の弾《はず》んだ声が響《ひび》いた途端《とたん》、それまで巧《たく》みに滑っていた高嶋君の動きがぎこちなくなって、派手にコケた。これはダサい……！

絶対、声、聞こえてたよね。女子の目を意識して、緊張《きんちょう》したんだろうな。

「あれ、ピンク⁉　西園寺《さいおんじ》も！」

どのタイミングで声をかけようかとためらっていたら、野田君がシャーッと安定感のある滑りで近付いてきた。高嶋君も目を丸くして、その後ろから滑り寄ってくる。

「おまえ達も来てたのか？」

「うん、野田君から聞いて、私もスケートしたくなって。アリスちゃん誘って、遊びに来ちゃった」

「ふーん」

高嶋君がアリスちゃんに視線を向けると、アリスちゃんはピシッと背筋を伸《の》ばして、強《こわ》張《ば》った笑みを浮《う》かべる。

「あ、あなた方がいらしてるなんて、全然知りませんでしたわ。奇遇《きぐう》ですこと」

アリスちゃん、今私、野田君に聞いて来たって話したばっかりだよ……！

緊張しすぎていっぱいいっぱいになってるみたいだ。がんばれ！

「野田君、私あんまりスケート得意じゃなくて、教えてくれるかな？」

「ああ、いいぜ」

「アリスちゃんもスケート初めてなんだって。高嶋君、教えてあげて」

「え……俺？」

「うん、お願いね。行こう、野田君」

「み、瑞姫ちゃん……!?」

ギョッとしたような高嶋君と、あわあわと焦《あせ》りだすアリスちゃんを置いて、少し離《はな》れた場所へ行く。

高嶋君とアリスちゃんの関係は、なかなか複雑だ。

最初は空良ちゃんにそっくりってことで、高嶋君はアリスちゃんに盲目的《もうもくてき》に惹《ひ》かれていた。それが、アリスちゃんが実は生徒会のスパイだったことがわかって、高嶋君はアリスちゃんを警戒《けいかい》するようになり、ほぼ同時に今度はアリスちゃんが高嶋君を好きになってしまった。

高嶋君の方は、アリスちゃんが恋愛《れんあい》対象外になることで、普通《ふつう》に接することができるようになったのだけど、基本的に自分から話しかけるようなことはしない。

アリスちゃんはというと、恋《こい》に落ちてからはなかなか話しかけられなくなってしまったし、頑張《がんば》って話そうとしても、ツンツンした態度になってしまっていた。

現在、二人の仲は停滞《ていたい》状態……。

だけど高嶋君だって、交歓祭《こうかんさい》一夜目のアリスちゃんと一緒《いっしょ》の布団《ふとん》に入っちゃったトラブルとか、一見スルーしてるけど、やっぱり意識しちゃうんじゃないかな？

高嶋君はハーレムラブコメが大好きで、自分がその主人公みたいに思い込んじゃってる痛い人だけど、ラブコメによくいるような鈍感《どんかん》主人公タイプでは決してない。

むしろ自意識過剰《かじょう》で、女子はみんな自分が好きだと妄想《もうそう》して悦《えつ》に浸《ひた》るタイプだ。

それと同時に、実は周りのことをよく見ていて、他人の気持ちに敏感《びんかん》な人でもある。

アリスちゃんの好意に気付いてないはずがない……それともまだ本当に、彼女が自分にトラップを仕掛《しか》けているなんて考えているんだろうか？

「よ、よりによってあなたに教えてもらうことになるなんて、厄日《やくび》ですわ」

「そこまで言うなら、大和と交代するか？」

呆《あき》れたように高嶋君が返した途端。

「えっ……」

アリスちゃんがすがるような眼差《まなざ》しを向け、高嶋君の全身がギクッと強張るのがわかった。

「きょ、今日のところはあなたで我慢《がまん》します！　早く教えてくださいませ」

「……じゃあ、まずはつかまって、ゆっくり歩くところからいこう」

　アリスちゃんに向き合うように立った高嶋君が両手を前に差し出すと、アリスちゃんはかあっと赤面してから、おそるおそる高嶋君の指先を握《にぎ》った。直後。

　ブッと高嶋君の鼻から血が噴《ふ》き出し、「キャー！」とアリスちゃんの悲鳴があがる。

　高嶋君、昂《たかぶ》りすぎ！　ちょっといい感じだと思ったのに……。

「だ、大丈夫《だいじょうぶ》ですか？」

「――オーケー、もう止まった。来い！」

　気合いの入った声とともに再び両手を差し出す高嶋君……「来い！」って、決闘《けっとう》じゃないんだから！　そしてキリッと表情を引き締《し》めてるけど、両方の鼻の穴にはティッシュが詰《つ》まってるので、どうしようもなく残念だ。

　それでも、アリスちゃんは顔を真っ赤に染めながら、またおずおずと手を伸ばす。

やがて、思い切ったようにギュッと握られる両手。

高嶋君、赤くなったり青くなったりしながらも——耐《た》えている！

よし、その調子だ、頑張れ……！　と心の中で声援《せいえん》を送ったところで。

「——やっぱり無理ですわー！」

「!?　ちょまっ〜〜〜！」

羞恥心《しゅうちしん》が限界を超《こ》えたらしいアリスちゃんが高嶋君を突《つ》き飛ばし、凄《すご》いスピードで後ろに滑った高嶋君は哀《あわ》れ、壁《かべ》に勢いよく衝突《しょうとつ》した。

「……グエ」

「いやあああ！　高嶋君、しっかりなさって……！」

断末魔《だんまつま》の呻《うめ》きとともに氷上にくずおれる高嶋君に、取り乱すアリスちゃん……こ、これは予想していた以上にひどい有様だ。

いきなりスケートデートなんて、この二人にはハードル高すぎた……？　とこめかみを押さえていたら、「ピンク！」と溌剌《はつらつ》とした声に呼ばれた。

「見ろよ――ダブルラリアット！」

腕《うで》を開きながら、くるくると見事なスピンを披露《ひろう》する野田君。おお〜すごいすごい。

「おれは赤きサイクロン！　全《すべ》てを巻き込みフンサイするのだ！」

うん、台詞《せりふ》はないほうがいいな……。

「〜からの、竜巻旋風脚《たつまきせんぷうきゃく》！」

今度は腕を閉じて、片足を上げての高速回転。確か、ストリートファイターだっけ。技《わざ》名を叫《さけ》ばなければ、普通にスケートの上級者なのに……。

「昇竜拳《しょうりゅうけん》！　波動拳！」

「もはやスケート関係ないし！　普通に滑《すべ》ろう」

熱が入ってきたのか拳《こぶし》を突き上げてジャンプをしたり、両手を前に突き出したりし始めた野田君をいさめると、野田君はへへっと笑いながらスウッと近づいてきた。

「あれ、野田君……背、伸びた？」

いつの間にか目線が私より少し高くなっていることに気付いて、目を瞬《またた》くと、野田君はあっさり頷《うなず》いた。

「ああ、一年で十センチ」

十センチ！　すごい、成長期なんだね。確かに、毎日見てると実感なかったけど、初めて会った時はもっとずっと小さかった気がする。

「毎日体のあちこちが痛くてな……あるいはこれは覚醒《かくせい》の予兆かもしれんが」

腕を組んで眉《まゆ》を寄せていた野田君は、気を取り直したように「よし、行くぞピンク」と不意に私の手をつかんで、滑りだす。

「え、ちょっと、私は一応一人でも滑れるし……」

「スピード出して滑ったほうが楽しいぞ。引っ張ってやるから、力抜《ぬ》いてついてこい」

眩《まぶ》しいほどの笑顔《えがお》と、握られた手の力強さに、思わず息をのんだ。


……野田君は手も足のサイズも大きいし、これからどんどん大きくなるのかも。

そう思った瞬間《しゅんかん》、なんだか全身にしびれるような波が広がって、甘いようなほろ苦いような不思議な感覚に、胸が締め付けられる。

成長した野田君……どんな感じになるんだろう。

見てみたいような、ずっと今のままでいて欲しいような……。

「――って野田君、速い速い、速すぎる！」

「この先、氷上で敵と戦う状況《じょうきょう》も十分あり得るからな！　高速の世界に慣れておくんだ！」

「待って無理セーブセーブ、無理だってば――っ……！」

いやあああああああああああああ！

☆★☆

……死ぬかと思った……。

リンク中を超《ちょう》ハイスピードで引きずり回され、無事生還《せいかん》したものの、寿命《じゅみょう》は一年ほど縮んだと思う。

リンクの出口近くの手すりにもたれかかり、のろのろと視線を上げると、やはり手すりを伝いながら、ぐったりした様子でこちらにやってくる高嶋君とアリスちゃんの姿が見えた。

どうやらあの後も甘い雰囲気《ふんいき》になるようなことはなく、お互《たが》いにひたすら体力を削《けず》られたようだ。

「休憩《きゅうけい》するか？」

一人ケロッとした野田君の提案に、反対する者は誰《だれ》もいなかった。


アリスちゃんと一緒《いっしょ》にロッカーでスケート靴《ぐつ》から普通《ふつう》の靴に履《は》き替《か》えて戻《もど》ってくると、リンク前のベンチには野田君だけが座っていた。

「高嶋君は？」

「オタ活に飛び出していった」

野田君が指をさした先は、売店コーナー。それぞれの店頭には、『アイライブ！』のコラボフードやドリンクのポスターが大きく貼《は》り出されている。

「小腹も減ってきたし、時間的に、昼休みにしてもいいかもな」

「うん、それはいいんだけど、アリスちゃんがお弁当作ってきてくれたんだよ」

「おれたちの分もあるのか？」

目を丸くした野田君に、大きな鞄《かばん》を持ったアリスちゃんがコクリと頷く。

「たくさん作りすぎてしまって……でも、気になさらないでください。食べたいものが他《ほか》にあるなら——」

「買いすぎないように止めてくる。西園寺は弁当見ててくれ」

そう言って、高嶋君の方へと駆《か》けだす野田君。私もその後を追った。

「あ、見ろよ、大和、聖。空良ちゃんのロコモコ丼《どん》と沙希《さき》ちゃんのたこ焼き、小雪《こゆき》ちゃんのチョコレートサンデーゲット♪」

……遅《おそ》かったか……。

ウキウキとご満悦《まんえつ》で戦利品を見せてくる高嶋君に、私と野田君はガクッと首を垂《こうべ》らした。

「この後はにこちーのポテトと……」

「あのね、高嶋君。実は——」

まだ他の店舗《てんぽ》を回ろうとする高嶋君に説明しようと口を開きかけたその時。

「チッ、またハズレか……」

そんな舌打ちと共に、すぐ傍《そば》にあったゴミ箱へと、まだ一口も食べられていないたこ焼きが丸ごと投げ捨てられた。

「おい、何やってるんだよ⁉」

野田君が血相を変えて声をあげると、たこ焼きを捨てたボサボサ頭の小太りの男――『アイライブ!』のキャラクターバッジをいくつもリュックサックにつけている――は、よどんだ目でうるさそうにこちらを睨《にら》んだ。

「俺はSP《スペシャル》カードが欲しいんだよ。SPが出るまで全部食べてたら腹が破裂《はれつ》するだろ?」

どうやらコラボフードについてくるおまけのトレーディングカードだけが目的で、食べきれない料理を捨てているようだ。

よく見たら、ゴミ箱には何パックものたこ焼きが廃棄《はいき》されていた。

ひどい……!

「気持ちはわかるけど、食べ物を粗末《そまつ》にするな!」

「はあ? 金払《はら》ってるんだから俺の自由だろ」

男はふてぶてしい態度で言い放ったけれど、「何事?」「食べずに捨ててるんだって……」と周囲から非難の目が集まっていることに気付くと、さすがに居心地《いごこち》が悪くなったらしい。顔をしかめ、苛立《いらだ》たしげな大きな舌打ちを残してそそくさと去っていった。

「ああいう一部の馬鹿《ばか》がいるから、ファンや作品が偏見《へんけん》を持たれるんだよな！」

男の背中を見送りながら、憤慨《ふんがい》する高嶋君。

「ファンの総数が増えるほど、ああいうDQN《ドキュン》も交ざってくるんだろうけど……あんなことをして彼女《キャラ》たちが喜ぶわけがない！　身勝手な作品愛で正当化してモラルを忘れるようなオタクにはなりたくねーぜ」

うん、オタク云々《うんぬん》以前に人として守るべきマナーはあるし、お金さえ払えばなんでも許されるなんて考えは、さもしいよね。

「――大和たちは飯買わないのか？」

「あ、そうだ。お昼なんだけど、アリスちゃんがお弁当、作りすぎちゃったらしくてね。よかったら高嶋君たちも食べてくれないかってことなんだけど……」

遅かったかな、と思いつつも伝えると、高嶋君は少しの間固まってから、「わかった」と頷《うなず》いた。

☆★☆

オープンスペースのテーブルに並べられたアリスちゃんお手製のお弁当は、彩《いろど》り豊かで見るからに美味《おい》しそうだけど——量が半端《はんぱ》なかった。特に唐揚《からあ》げ。おそらく七人前はある。

「すごい量だな〜」

「アリスちゃん、頑張《がんば》ったね……！」

「あの、無理して食べなくても結構ですので！」

おろおろするアリスちゃんに、「いただきます！」と手を合わせて、むしゃむしゃと唐揚げをほおばり始める高嶋君。

「ん〜、美味しい。やっぱりアリスちゃん、料理上手だよね。でも時間かかったでしょ？何時起き？」

「……四時です。調理にはそんなに手間はかからないのですが、たまたま早く目が覚めてしまって」

「四時⁉　すげー。おにぎりも色んな味があって美味《うま》いな、智樹！」

「だな……っ……ゲホッゴホッ」

高嶋君はひたすら箸《はし》を動かしていたけれど、いきなり喉《のど》を詰《つ》まらせて咳《せ》き込んだ。

おじいちゃんじゃないんだから！

一見平静を装《よそお》ってても、やっぱり緊張《きんちょう》してるみたい。

「大丈夫《だいじょうぶ》ですか？　これ、お茶です」

「……ありがと」

アリスちゃんの目は見ずにコップを受け取って、グッと一気にあおる高嶋君。

ゴクッゴクッと大きく喉を鳴らしてあっという間に飲み干すと、また黙々《もくもく》と食べ始める。

「……他に食べたいものがあったのでしたら、本当に、そちらを食べてください」

ギュッと膝《ひざ》の上で両手を握《にぎ》りながらアリスちゃんが言うと、高嶋君は淡々《たんたん》と答えた。

「別に、コラボフードはもう一度食べに来ればいいし」

——当然のようにもう一度来るんかい！

「食べ過ぎてお腹《なか》が痛くなっても大変ですし……」

「食べ盛り舐《な》めるなよ。これくらい楽勝だ！　なあ、大和」

「おう！　食うぞ～」

四十分後、さすが成長期の男子高校生というべきか、二人は見事な食べっぷりを披露《ひろう》し、大量の唐揚げ弁当は綺麗《きれい》に平らげられた。

高嶋君は購入《こうにゅう》済みのコラボフードも食べていたから……よく頑張った！

「──ご馳走様《ちそうさま》でした……！」

大きく膨《ふく》れたお腹をさすりながら、二人が箸をおくと、アリスちゃんは花がほころぶような笑《え》みを浮《う》かべ、「おそまつ様でした」と丁寧《ていねい》にお辞儀《じぎ》をした。

私も満腹で苦しいくらいだし、しばらくまったりしたいな……と思っていたところで、

「──よし！」と高嶋君が気合いと共に立ち上がる。

「コラボジュースを買ってくる」

「今⁉」

「ジュースならいける！　ジュースのおまけトレカの限定SPは空良ちゃんだしな」

使命感のようなものを漲《みなぎ》らせて、拳《こぶし》を握る高嶋君……オタクってすごい。

舌を巻いていたら、アリスちゃんが「わたくしもご一緒《いっしょ》します」と立ち上がった。

「べ、別にわたくしは『アイライブ！』はどうでもいいんですけど！　さっき見かけた時、美味しそうでしたので」

いくら美味しそうでも、普通《ふつう》のジュースに比べると横暴ともいえる価格設定のコラボジュースを飲みたい理由なんて、彼に協力したいからに他《ほか》ならないだろう。

いじらしいなあ……ＳＰカード、出ますように。

ほどなくして、高嶋君が一人で戻《もど》ってきた。

「ＳＰ、出た？」

「いいや」

残念……やっぱりそう簡単にはいかないか。

「アリスちゃんは？」

「たぶんトイレ」

「──高嶋君、まだアリスちゃんが罠《わな》を仕掛《しか》けてるとか、本気で思ってるの？」

思い切って尋《たず》ねると、高嶋君は言葉を詰まらせた。

「………わかってるよ」

かすかに色づいた顔を背《そむ》けて、ぶっきらぼうに言う。

好意ははっきりと感じてるけど、どうしていいかわからないから気付かないふりをしてる……て感じかな。

もどかしいけど、これでもリアル女子が苦手な高嶋君にしては、物凄《ものすご》い進歩だよね。

とりあえず、会話は普通にできるようになってるし……敵対（？）期間があったのが結果として功を奏してるみたい。

ここは静かに見守っておこう……。

☆★☆

その後、まだ激しく動くのは辛《つら》かったので、みんなでゲームセンターへ移動した。

「おっ、ガンシュー発見。大和！」

「オーケー、世界の平和はおれ達が守る！」

男子二人が夢中になって始めたのは、次々と襲《おそ》い掛《か》かってくるゾンビを銃《じゅう》で撃《う》ちまくって進むガンシューティングゲーム。

「……わ、わたくし、ちょっと席を外しますわ」

「そうだね。他のとこ回ろうか」

しばらく後ろで眺《なが》めていたけど、アリスちゃんには刺激《しげき》が強かったようだ。

私もグロいのは好きじゃなかったので、二人に声をかけてから、別のゲームを見て回ることにした。


「あっ、可愛《かわい》い……」

アリスちゃんが立ち止まったのは、もこもこした羊のぬいぐるみが景品になったクレーンゲームの前だ。

「本当だ、可愛い。やってみる？」

「はい！　ここにコインを入れればいいんですよね？」

アリスちゃんはゲームセンターが初めてで、クレーンゲームも初挑戦《はっちょうせん》みたいだった。

「えっと、このボタンを押して……ってアリスちゃん！　ああ～」

「えっ⁉　……ああっ」

アリスちゃんはボタンを一回押してすぐに手を離《はな》してしまったから、クレーンはほんのわずか横に動いただけで止まってしまった。

「ボタンを離したら止まるんですね……」

「うん、今度は奥に移動するから、ここだ、って思った時に手を離してね」

「わかりましたわ」

アリスちゃんは真剣《しんけん》そのものの表情でボタンを押したけれど——

「あっ、そろそろだよ！」

「は、はい……！」

今度はクレーンが行き過ぎてしまって、何もない空間に降り立ったアームが、スカッと虚《むな》しく空気だけ掻《か》いて、戻っていく。

「難しいですね……」

「うん、なかなか捕《と》れないものだよ。私もやってみようかな」

今度は私が挑戦してみたけれど、一度ぬいぐるみを持ち上げたものの、すぐに落としてしまった。失敗……。

それから二人で繰《く》り返しリベンジを試みて、何度か惜《お》しいところまではいったものの、結局成果は得られなかった。

「これは諦《あきら》めたほうがいいかなあ……」

「そうですね……ふふっ」

うう、と無念な気持ちで眉《まゆ》を寄せる私に対して、アリスちゃんは小さな笑みを漏《も》らす。

「どうしたの？」

「あ、すみません。——わたくし、こんな風に同い年のお友達と遊びに出かけるの、初めてで……その……」

楽しくて、と照れたようにうつむいて、小さな声で続けるアリスちゃん。

そうか……アリスちゃんはずっと体が弱くて、二学期の終わりくらいまで学校も休みがちだったって言ってたもんね。

「アリスちゃん、これからは二人でも時々こんな風にお出かけしようか」

「ええ、是非《ぜひ》！」

声を弾《はず》ませて頷《うなず》いてくれるアリスちゃん。

私もすごく嬉《うれ》しくて、二人で微笑《ほほえ》み合っていたところで——

カシャカシャカシャッ、と連写する音が、横から響《ひび》いた。

「⁉」

振《ふ》り向くと、ボサボサ頭の小太りの男——先ほどたこ焼きをゴミ箱に捨てていた『アイライブ！』ファンが、ゲーム機の陰《かげ》からしゃがみこんだ体勢で、こちらにスマホを向けていた。

男は、一瞬《いっしゅん》やばいという顔をしたけれど、すぐに笑顔《えがお》を作って、「やあ」と妙《みょう》に馴《な》れ馴れしい態度で近付いてくる。

「君もアイライバー？　完成度高い空良コスプレだね」

「コスプレ……？」

「ちょっと屈《かが》んで、上目遣《うわめづか》いでこう、手を口元に当ててみてよ。DVD三巻のカバーと同じポーズ」

「コスプレじゃないですし、今写真撮《と》りましたよね？　勝手に撮らないでください」

怯《おび》えた様子で後ずさるアリスちゃんをかばいながら、私が告げると、男はわざとらしくパチパチと瞬《まばた》きをしてから、首を傾《かし》げた。

「……なんのことだか……」

今更《いまさら》、とぼけるつもり？

「でもそんな風にカラコンまで入れて、そっくりな恰好《かっこう》してるってことは、注目されたいんだろ？　写真一つで騒《さわ》ぐなよ」

「わ、わたくしが似てるとしても、意識してそっくりな恰好をしてるわけではありませんわ」

ギュッと私の服のすそをつかみながら、アリスちゃんも抗議《こうぎ》の声をあげる。

仮にコスプレだとしても、本人の許可なく撮るのはマナー違反《いはん》だよね。

「ふーん、でも俺は撮ってないし。それより、君、名前なんていうの？　ラインやってる？」

——この流れでナンパ!?　思考回路がキモ過ぎる！

「シャッターの音が聞こえましたし……写真を、消してください」

アリスちゃんも眉をひそめながらも、辛抱《しんぼう》強《づよ》く訴《うった》えると、それまでニヤニヤしていた男はみるみる不機嫌《ふきげん》そうな顔になった。

「だから、撮ってないっつーの！　ちょっと空良に似てるからって調子に乗るな、自意識過剰女《かじようおんな》！」

……どこまで話が通じないんだ、このキモオタ！

「ふざけないで――」

「どうした、ピンク⁉」

「何があった？」

思わず声を荒《あら》らげたその時、野田君と高嶋君が駆《か》け寄ってきた。

事情を説明すると、二人の表情も険しくなっていく。

「――おい、逃《に》げるなよ」

隙《すき》を見てその場から離れようとしたキモオタの腕《うで》を、高嶋君がとっさに捕《つか》まえた。

「ハア？　いちゃもん付けるのはやめてほしいもんだ」

まだしらを切ろうとするキモオタに、高嶋君の目がすうっと細まった。

「……撮った撮らないはこの際置いておく。正直同じ枠《わく》にくくられるのもムカつくけど、おまえだってアイライバーだろ？　だったら――これで俺と勝負しろ」

これまでに見たことがないほど怒《いか》りを滲《にじ》ませた高嶋君が、冷え冷えした声で指し示したのは、『アイライブ！』のアーケードゲーム機だった。

「二曲分の合計スコアで、おまえが勝ったらこれまで俺が集めてきたカードを全部やる。HR《ハイパーレア》もSPも全部だ」

そう言いながら、ショルダーバッグからカードがぎっしり詰《つ》まったファイルを取り出してみせる高嶋君。

それまで不貞腐《ふてくさ》れていたキモオタの目が、ギラリと輝《かがや》いた。

「その代わり、俺が勝ったらおまえのスマホは初期化した上で、今後一切《いっさい》この子たちに近づくな」

「……おまえが負けたらそのカード全部と、土下座だ。後悔《こうかい》するなよ？」

ニヤリと笑って、アーケードマシンの椅子《いす》に腰《こし》かけるキモオタ。

かなりゲームの腕に自信があるようだ。

高嶋君も、厳しい面持《おもも》ちのまま、向かいのマシンに腰をかける。

「難度はエクストリーム。選曲はランダム。――いくぞ」

☆★☆

『アイライブ！』アーケード版のルールは、スマホ版とほぼ同じで、単純明快。

音楽に乗って画面上部から出てくるリズムアイコンが、下部に並んだボールに重なった瞬間に、タイミングを合わせて対応するボタンを押すだけだ。

タイミングがピッタリになるほど点数《スコア》もたまり、ミスすると体力が削《けず》られていく。

体力がゼロになったらゲームオーバー。

そんなわかりやすいリズムゲームなのだが、最高難度のエクストリームモードとなるとリズムアイコンの速さも量も半端《はんぱ》ないので、初心者ならまず間違《まちが》いなく、数秒でゲームオーバーになる。私も前に一回だけチャレンジしたことがあるけど、全然太刀《たち》打ちできなかった。

高嶋君は相当やり込んでるとは思うけど、それはキモオタも同様だろう。

果たして、勝負の行方《ゆくえ》は……？


可愛《かわい》らしい歌声とともに、キラキラしたアイドルソングが流れ始める。

同時に、物凄《ものすご》い勢いで降り注ぐリズムアイコンの嵐《あらし》——ひゃあ、やっぱりエクストリームはエグい！

私は目で追うのさえ難しいのに、高嶋君もキモオタも恐《おそ》るべき正確さで対応するリズムボタンを連打していく。

うわー、なんでこんなことできるの⁉

画面に次々と弾《はじ》ける「パーフェクト」と「グレート」の点滅《てんめつ》……。


一曲が終わった結果はなんと——二人とも、ノーミスのフルコンボ。

ただ、スコアでは「パーフェクト」判定が多かった高嶋君が、キモオタを上回っていた。

すごい……！　一応リードしているとはいえ、次でどうなるか全然わからない。

高嶋君もとんでもないけど、キモオタもただのキモオタじゃなかった……恐るべし、アイライバー。

この事態は想定外だったのだろう、啞然《あぜん》と目を瞠《みは》るキモオタ。

ふうっと息をつきながら、眉間《みけん》にしわを寄せる高嶋君。

ギュッと両手を胸の前で握《にぎ》り締《し》めて、そんな彼を祈《いの》るように見守るアリスちゃんに、

「大丈夫《だいじょうぶ》だ、西園寺」と野田君が笑《え》みを向けた。

「智樹は勝つ」

……そうだよね、ここは高嶋君のオタク力を信じよう……！

しかし、二曲目の開始直前。

焦《あせ》りの表情を浮《う》かべていたキモオタが、突然《とつぜん》立ち上がるや、高嶋君のアーケードマシンの上から、ふうーっと大きく息を吹《ふ》きかけた。

「な……っ……！」

マシンにたまっていた埃《ほこり》が舞《ま》い上がり、それをもろに食《く》らった高嶋君が、痛みをこらえるように両目を閉じる。目つぶし攻撃《こうげき》……!?

「卑怯《ひきょう》だぞ！」

野田君が叫《さけ》んだけれど、キモオタは無視して自分の画面に向き合い、無情にも始まった曲に合わせて、軽快にボタンを叩《たた》き始める。

一方高嶋君は、両目の回復が間に合わず、視界がほとんどきかない中、闇雲《やみくも》にリズムボタンを叩くのみ――と思われたのに。

「ウソでしょ……⁉」

思わず、声が漏《も》れてしまう。いったい、何が起こってるの⁉

画面に浮かぶ表記は「パーフェクト」「パーフェクト」「パーフェクト」――。

高嶋君は両目をつぶったままにもかかわらず、怒濤《どとう》の勢いで襲《おそ》い来るリズムアイコンをすべて正確無比にさばいていたのだ……！

「この曲は、空良ちゃんの初めてのソロ曲。智樹の十八番だ！」

両腕《りょううで》を組んで、したり顔で解説する野田君。

……だからって、おかしいでしょ！

目をつぶってもプレイできるって、どんだけお金と時間をつぎ込んできたの⁉

凄いけど、凄すぎて若干《じゃっかん》引くよ‼

――結局、高嶋君は目をつぶったまま、驚異《きょうい》のフルコンボを達成。

一方、まさかの神業《かみわざ》に動揺《どうよう》したキモオタはミスを連発し、高嶋君が圧倒《あっとう》的勝利を飾《かざ》った。

☆★☆

「ば、馬鹿《ばか》な……」

「よし、初期化完了《かんりょう》！」

信じられない、といった様子のキモオタのスマホを操《あやつ》り、ニンマリと笑みを浮かべる高嶋君。

「これに懲《こ》りたら今後は――」

そこまで言いかけたところで、「ちょっと、君」と厳《いか》めしい表情をした警備員が、キモオタに近づいてきた。

「何人ものお客様から迷惑行為《めいわくこうい》の報告があった。向こうで話を聞かせてもらおうか」

他《ほか》にもマナー違反《いはん》を重ねていたらしいキモオタは、そのまま問答無用で警備員室に引きずられていった。

しっかり絞《しぼ》られて、反省してくれるといいんだけど……。

「高嶋君、ありがとうございます……！」

頬《ほお》を染めたアリスちゃんが笑顔でお礼を言うと、高嶋君はギクッと肩《かた》を揺《ゆ》らしてから、仕切り直すように小さく咳《せき》をした。

「まあ、なんだ。オタクの端《はし》くれとして、あーゆー不届き者は許せなかったというか……にしてもあの二曲目がきたときは、震《ふる》えたな！　これぞ愛の奇跡《きせき》！」

「あ、愛……!?」

「ああ、俺と空良ちゃんの愛が起こしたミラクルだ!!」

「…………」

キラキラと顔を輝《かがや》かせて断言する高嶋君に、一瞬《いっしゅん》真っ赤になって目を瞠っていたアリスちゃんが、どっと脱力《だつりょく》した。

「俺たちは運命の絆《きずな》で誰《だれ》より強く結ばれてる……！　おまえらも、そう思っただろ!?」

「え、うーん、それよりもっと身近で応援《おうえん》してくれてた子の存在とかさ……」

「空良ちゃん、ありがとう。俺の女神《めがみ》……マイスウィートラブリーエンジェル……」

アーケードマシンの画面に映る空良ちゃんに、うっとりしたように語り掛《か》けていた高嶋君は、「よし！　今ならSPも出る気がするぜ！　待ってろ、必ず君を俺の腕の中に抱《だ》きしめてみせる……！」などと一人で盛り上がりながら、再びコラボジュースを買いに行ってしまった。

「……やっぱり、高嶋君は高嶋君だね」

照れ隠《かく》しで逃《に》げた可能性はあるけど、空良ちゃんの愛の奇跡ってのは本気で思ってそうだ……。

「そうですわね」

呆《あき》れる私に苦笑《くしょう》しながら相槌《あいづち》を打ったアリスちゃんは、「でも……」とうつむいて、小さな声で続けた。

「……やっぱり、大好きです」

☆★☆

ノリノリで売店に突撃《とつげき》した高嶋君だったけど、二杯《はい》注文したものの、SPカードは出なかった。彼の情熱にほだされた私・野田君・アリスちゃんもそれぞれ一杯ずつ注文したけれど、結果は同様だった。

それからはまたしばらく、みんなでスケートを滑《すべ》っていたのだけど……。


「――えっ、高嶋君、また買ったの⁉」

「今日は絶対出る！　そんな予感がある！」

この日、実に四杯目のジュースを購入《こうにゅう》した高嶋君（何かにとり憑《つ》かれた目をしている）が、袋《ふくろ》から取り出したカードは――

「……駄目《だめ》か……」

「むう、厳しい戦いだな……！」

「わたくしも、あと一杯だけ――」

「ええっ、アリスちゃん、付き合わなくていいんだよ!?」

「これが最後ですので」

祈《いの》るような表情で袋からカードを取り出したアリスちゃんだったけれど、その眉《まゆ》がしゅんと下がる。

「残念……SPカードではないみたいですわ」

うーん、やっぱりそうそう簡単には手に入らないんだね……。

「しかも、なんでしょう？　落書きのようなものが書かれてますし……」

「落書き……？　ちょっ、西園寺、見せて！」

アリスちゃんから渡《わた》されたカードを見た刹那《せつな》、高嶋君の顔色が変わった。

「こ、これは……声優さんのサインが入ったSPR《スーパープレミアム》カード――!?」

スーパープレミアムカード？

キョトンとする一同の前で、「すげえええええええええ」と雄叫《おたけ》びを上げる高嶋君。

「珍《めずら》しいものなんですか？」

「珍しいもなにも、『アイライブ！』トレカの中でもレア中のレア！ 封入率《ふうにゅう》は実に〇・〇一パーセントとも言われる幻《まぼろし》のカードだ！ まさかこの目で実物を拝める日が来ようとは……！」

カードを食い入るように見つめながらわなわなと震える高嶋君に、アリスちゃんはあっさりと言った。

「そうなんですか。ではどうぞ、貰《もら》ってくださいませ」

「――いいのか!?」

「はい。わたくしが持っていても宝の持ち腐《ぐさ》れですし。SPカードが出せなかったのは残念ですが……」

「神かよ！ SPRだぞ、こっちのが断然いいって！ サンキュー、西園寺！」

「!?」

興奮に頰を上気させた高嶋君がギュッとアリスちゃんの両手をつかみ、アリスちゃんの顔もぶわっと赤く色づく。

「あひゃっ⁉　ごごごごごごごごめん！」

「いえ、じ、事故だと思うことにしますので！」

慌《あわ》てて手を離《はな》す高嶋君に、動揺《どうよう》する様子を見せながらうつむくアリスちゃん。

めでたしめでたし、かな？

☆★☆

たっぷりスケートをして、稀少《きしょう》なカードも手に入れて……すっかり満足して、帰ろうかという頃《ころ》になって。

「あ、悪い。忘れ物。出口で待っててくれ」

そう言って引き返していった高嶋君だったけれど、なかなか戻《もど》ってこない。

「どうしたのでしょう……？」

「ラインしてみるか?」

野田君がスマホを取り出したその時、ようやく、こちらに足早に近づいてくる影《かげ》が見えた。

「ごめん、待たせた!」

あれ、高嶋君が手に持ってるのって……。

「空良ちゃんのを捕《と》ろうとしたんだけど、コイン入れるとこ間違《まちが》えてこっちが捕れちゃったから、やるよ。……SPRのお礼と、誕プレ」

微妙《びみょう》に視線を逸《そ》らしながら、ぎこちない動作で高嶋君がアリスちゃんに差し出したのは、もこもこした羊のぬいぐるみだった。

高嶋君、アリスちゃんがこのぬいぐるみを欲しがってたこと、気付いてたんだ。

部室で今日が誕生日だって話していたことも……。

呆気《あっけ》にとられたように目を瞠《みは》っていたアリスちゃんの顔が、泣き笑いのようにほころんでいく。

「……ありがとうございます……！」

ギュッとぬいぐるみを抱《だ》き締《し》めながら、かすかに瞳《ひとみ》を潤《うる》ませて最高の笑顔《えがお》を見せるアリスちゃんに、高嶋君も、優《やさ》しく表情を和《なご》ませた。

──すごいよ、高嶋君！　一体どうしちゃったの？

まるで少女漫画《まんが》のヒーローみたいだよ……！

見つめ合う二人の様子に、胸をときめかせたその時。

ぎゅるるるるるる……と凄《すさ》まじい音が、高嶋君のお腹《なか》から鳴り響《ひび》いた。

「……悪い、トイレ行ってくる！」

サーッと青ざめて猛《もう》ダッシュで離れていく高嶋君に、ポカンとした直後。

「す、すみません、わたくしも……失礼します！」

アリスちゃんも蒼白《そうはく》になって、お腹を押さえながらやはりトイレへと走っていった。

……二人とも、寒いスケート場で冷たいジュースを飲みすぎて、お腹を壊《こわ》しちゃったようだ……。

「せっかくうまく行きそうだったのに、やっぱり前途《ぜんと》多難……？」

「ははっ、仲が良《い》いな～」

ため息をつく私の横で、からからと笑う野田君。

「まあ、西園寺にとって、きっと忘れられない一日になったと思うぞ。ピンクのプレゼント作戦は大成功だな！」

あ、さすがに野田君にも私の目論見《もくろみ》は気付かれてたか。

明るい笑顔につられるように、私も自然と笑みが零《こぼ》れた。

……うん。最後にオチがついちゃったけど……それでも今日この日が、どうか楽しい思い出になりますように。

誕生日おめでとう、アリスちゃん。

SPR
マジ神!!!
ふおおおおお

第四章
0と2の間

厨二葉。十六歳。

二学期の初めに皆神《みなかみ》高校の1‐Cに転校してきた帰国子女の彼は、眉目秀麗《びもくしゅうれい》・成績優秀《ゆうしゅう》・スポーツ万能《ばんのう》にしてお金持ちという超《ちょう》ハイスペックで瞬《また》く間に女子の人気をかっさらい、まさにリア充《じゅう》の権化《ごんげ》かと思われた。

しかしてその実態は、傲岸不遜《ごうがんふそん》のナルシストな歌い手（しかも音痴《おんち》）であり、アニメ漫画ゲームラノベ特撮《とくさつ》ボカロアイドル……と幅広《はばひろ》いジャンルにまたがるオタク趣味《しゅみ》の持ち主。そして、他《ほか》のヒーロー部の男子部員の例に漏《も》れず、未《いま》だに現役《げんえき》バリバリの厨二病《ちゅうに》であった。

誕生日は二月八日。水瓶座《みずがめざ》のAB型。

——小説『厨病激発ボーイ』の既刊《きかん》の口絵において、彼だけプロフィールが〈??〉であったが、これは単に情報伝達がうまくいっていなかっただけのことである。

何かの伏線《ふくせん》では!? と期待されていた読者さん、誠《まこと》に申し訳ない……!

この章では、そんな厨と読者の皆様《みなさま》へのお詫《わ》びを込めて、厨視点からの特別編をお送りします。ヒアウィーゴー！

☆★☆

ライブハウスを出て、しばらくは耳鳴りが止《や》まなかった。

楽器の爆音《ばくおん》と、ボーカルの絶唱、観客の大歓声《だいかんせい》。

会場を包んでいたうねるような熱気の余韻《よいん》はまだ体中にしみ渡《わた》っていて、吹《ふ》き付ける冷たい夜風も、今の二葉には心地《ここち》よかった。

「やっぱ、パンパラは神だね。知ってたけど」

隣《となり》を歩く従兄弟《いとこ》の零も、興奮冷めやらずといった面持《おもも》ちで、声を弾《はず》ませる。

本日、三月七日土曜日はロックバンドのパンドラ・パラボックス、通称《つうしょう》パンパラのライブツアー最終日。

二葉がツテで手に入れた二人分のチケットの整理番号は、夢の一桁《ひとけた》——最前列から憧《あこが》れのパンパラのパフォーマンスを観覧した彼らは、ライブ中、叫《さけ》んで揺《ゆ》れて飛び跳《は》ねて燃えに燃えて……この上ない幸福感と程《ほど》よい疲労感《ひろうかん》に包まれながら、帰途《きと》についているところだった。

「一発目は絶対『我儘雨《わがまま》カタルシス』だと思ったけど、予想通りだったぜ」

「わかる！　あのイントロが鳴った瞬間《しゅんかん》、鳥肌《とりはだ》立ったよね。会場が一気に沸騰《ふっとう》してた。CDより生のが断然巧《うま》いし」

「パワーと迫力《フォース》が違《ちが》うんだよな！　TAKEのボーカルはマジ魂《たましい》で歌ってるのがビンビン伝わってエモい。マイナーのまま埋《う》もれていい才能じゃねーだろ」

「楽曲のクオリティも演奏技術もパフォーマンスも、すべてが一級品だよね。このレベルのバンドは百年に一度現れるかどうか……パンパラを聴《き》くと邦《ほう》ロックも捨てたもんじゃないと思うよ」

「ちなみに零はライブって今まで何回行ったことあるんだよ？　文化祭とか無しで」

「…………初めてだけど」

「ぶっ、初めてでその上から目線ー⁉　クソウケる……！」

「そういう二葉はどうなんだよ⁉」

「俺は三回目だ」

「おまえだってドヤッて言える立場じゃないだろ！」

「シャラップ、てめーよりはマシだ！　――しかし噂《うわさ》に聞いてたとおりKYOってマジ動きまくるんだな」

「もはやベース兼《けん》ダンサーだよね……あれだけ動いてちゃんと弾《ひ》けるのがまた神がかってる。神と言えばSHINGOのドラミングがまた――」

それから二人で、ありとあらゆる言葉を尽《つ》くしてパンパラのどこがすごいか、この日のライブのどこがいかに素晴《すば》らしかったのかを、ひたすら褒《ほ》めちぎり語り倒《たお》した。

零が時折、音楽雑誌のコラムの影響《えいきょう》をもろに受けたのが丸わかりの解説や、信憑性《しんぴょうせい》の怪《あや》しいネット情報を偉《えら》そうに披露《ひろう》したり、初期のパンパラはどうだったなどと古参のディープさをアピールしてくるのはウザかったが、それでも。

（……やべえ、楽しい）

二葉が行った過去二回のライブは、一度目はそのバンドには興味がない兄と二人で、二度目は単独での参加。同じ情熱をもったファンとハイテンションで感想をぶつけ合い、感動を共有できることは、ただただ無性《むしょう》に楽しかった。

「そういえば二回目のMCでTAKEが――」

饒舌《じょうぜつ》に話していた零が、不意にハッとしたように息をのむ。

(なんだ……?)

顔を強張《こわば》らせる従兄弟の視線を辿《たど》ると、横断歩道の向こうの道を、同じヒーロー部の仲間である野田大和と聖瑞姫が、何かしゃべりながら歩いていくのが見えた。

その後ろに、高嶋智樹と西園寺アリスの姿もある。

声をかけるには離《はな》れていたし、彼らはこちらに気付かないまま、人波にのってビルの間の通りへと吸い込まれていった。

「あいつら、四人で出かけたりするのか」

みんなで外出するなら声をかけてくれればいいのに、とかすかな寂《さび》しさが湧《わ》き上がる……どのみち今日は無理だったが。

「…………」

零は何も答えず、呆然《ぼうぜん》と彼らが消えていった場所を見つめていた。

「……おい、青」

信号が変わっても動かない従兄弟を促《うなが》すと、零はつまらなそうな顔で黙《だま》って歩き出した。

ついさっきまであんなに上機嫌《じょうきげん》でうるさいほどだったのに、その後は何を話しかけても、上の空。

二葉もすっかり水を差されて、帰りの電車では二人とも黙りこくっていた。

（大方、瑞姫がダブルデートしてるってショックだったんだろうが、あの面子《メンツ》だぞ？　心配するだけ無駄《むだ》だろ。馬鹿《ばか》じゃねーの）

（勘弁《かんべん》しろよ……）

手すり付近に立ったままイヤフォンをつけて、ライブの感動をもう一度思い出そうとパンパラを再生したけれど、集中できない。

零は扉《とびら》の端《はし》にもたれかかって、窓に流れていく夜景をぼーっと眺《なが》めている。

その横顔を見るといつものようにからかう気も起きず、代わりになぜか沸々《ふつふつ》と湧いてくるむしゃくしゃを振《ふ》り払《はら》いたくて、二葉はミュージックアプリの音量を上げた。

☆★☆

翌日、日曜日は、清々《すがすが》しい晴天だった。ただし、空気はピンと張りつめるように冷たい。先週春一番が吹いて、急に気温が上がった日があったが、またすぐに冷え込んでしまった。本格的な春は、まだ遠そうだ……。

そんなことを思いながら、愛犬、オメガ＝グーテンタール＝如月のリードを引いて、いつもより少し長い散歩コースを進んでいく。

「あれー、二葉。どうしたの？」

「オメガの散歩ついでに寄ってみた」

九十九家の玄関先《げんかんさき》で、中から出てきた零の三番目の姉・花耶《かや》は、そうなんだ、と応じながら、足元に寄ってきたゴールデンレトリバーの体を撫《な》でた。

毎日二葉がブラッシングしている長い毛並みはふかふかの艶々《つやつや》で、手触《てざわ》りが最高だ。

「花耶姉《ねえ》は外出？」

「うん。家族もみんな出かけてるけど、一応零はいるから。ねえ、あの子昨日からなんか腑抜《ふぬ》けてるんだけど、何かあったの？」

「あー……ライブで上がり過ぎた反動じゃねーの」

二葉の母親の姉が、零の母親。この姉妹はすこぶる仲が良く、二葉の母が結婚《けっこん》し、新居を建てる時も九十九家と同じ区内を選んだ。

二葉が幼い頃《ころ》はしょっちゅうこの家に連れてこられたものだが、親密な親同士とは正反対に、同い年の息子《むすこ》同士は昔から何かと張り合っては、喧嘩《けんか》ばかりだった……。

庭の方へ行くと、縁側《えんがわ》のガラス戸の向こうに、居間のこたつで頬杖《ほおづえ》をついて雑誌を読んでいる零の姿が見えた。

愛犬を木につないで、バケツに汲《く》んだ水を与《あた》えてから、ガラス戸に手をかける。

鍵《かぎ》はかかっておらず、あっさりと開いた。

「まだしけた面《つら》してんのか？」

「……二葉か」

チラリとこちらを見てから、興味なさそうにまた雑誌に目を戻《もど》す。誌面には『スイーツ特集』の文字と、カラフルな写真が躍《おど》っていた。

全体的に明らかに覇気《はき》がない。なんでそこまで引きずっているのか、理解不能だった。

「てか、瑞姫のどこがそんなにいいんだよ？」

こうなったら弄《いじ》り倒してやろうと思って、縁側に腰《こし》かけながら挑発《ちょうはつ》するように言ってみると、零は「ハア？」と眉《まゆ》をひそめたけれど……すぐにふいと顔を背《そむ》け、ぼそりと続けた。

「……別にわからなくていいし」

（………は？）

予想外の反応に、二葉はポカンと口を開ける。

（いつもなら全力でとぼけるか、でなかったら『良さがわかるのはオレだけ』って勝ち誇《ほこ》って違《ちが》いのわかる自分をアピールするパターンだろ⁉）

なんだよそれ、と思いながら、二葉の胸に湧き起こるのは焦《あせ》りのような感覚だった。

――本当は、瑞姫の良さなんて聞かなくてもわかっていた。

あまり自己主張をしないし、いつも淡々《たんたん》としてそれほど目立つタイプじゃないが、実は芯《しん》が強くて優《やさ》しいし、時折見せる自然に零《こぼ》れ出るような笑顔《えがお》は、品のようなものがあってかなりイイ……と思う。

また、人や物事をいつも冷静に自分の物差しで判断し、異質なものも偏見《へんけん》無しに受け入れようとするニュートラルな視点と寛容《かんよう》さをもっている。だから変人揃《ぞろ》いのヒーロー部にも馴染《なじ》んでいるのだ。

落ち着いていて、他者に媚《こ》びたりベタベタしたりしないところも、いい意味で女子っぽくなくて居心地《いごこち》が良かった。少し秘密主義だし、あまり感情を表に出さないせいか、どこかミステリアスなところがあるが、そこも魅力《みりょく》かもしれないし……。

（って褒《ほ》めすぎか。これじゃまるで俺まで瑞姫のこと好きみたいじゃねーか。……ないだろ）

うん、それはない、と冷静に自分に確認《かくにん》する二葉。

零がこんな風にいちいち彼女の長所を分析《ぶんせき》して好きになったわけではないだろうということも、なんとなくわかっていた。

だが、仲間として同じ時間を過ごす中で瑞姫の美点に気付き、認める気持ちが強まるに従って……なぜか最近は、二葉もただ無責任におもしろがるだけの心境ではいられなくなってきていた。

（——こいつが、もっとわかりやすい相手に惚《ほ》れたならよかったのに）

西園寺アリスのような誰《だれ》もが認める美少女や、物凄《ものすご》く頭のいい才女や、全国レベルのスポーツ少女や、他《ほか》の誰にも真似《まね》できないような特技を持った女子が相手だったなら、もしかしたら、こんなにイライラすることもなかったのかもしれない……。

「野田って、聖サンのこと大好きだよな……」

「……はあ？」

雑誌に目を落としたまま、唐突《とうとつ》に呟《つぶや》いた零の言葉に、また唖然《あぜん》とする。

「まあ、よく懐《なつ》いてるとは思うけど」

瑞姫の姿を見つけるたび、パッと顔を輝《かがや》かせて突進《とっしん》していく野田の様子は、二葉を見るやちぎれそうなほどに尻尾《しっぽ》を振って駆《か》け寄ってくるオメガそっくりだ。

「野田は聖サンが転校してきた時、一目で気に入ってその日のうちに仲間になれって超《ちょう》アピッたんだって。それって、一目惚《ひとめぼ》れと同じじゃん？」

「……俺の転校初日にも、初《しょ》っ端《ぱな》からしつこくスカウトされたぜ？　あいつはなんかそーゆー仲間を見つける特殊《とくしゅ》センサー搭載《とうさい》してんだろ」

「──交歓《こうかん》祭で初めて天照寺《てんしょうじ》に会った時、野田が聖サンの手を握《にぎ》ってるの、見たんだよ」

「ああ、それは俺も気付いたけど……変な絡《から》まれ方して、瑞姫が怯《おび》えてたからだろ？」

（ってなんで俺がいちいちフォローみたいなことしてんだよ！　言わせて安心したいのか？　ウゼえ！）

「つーか、野田は愛の告白をしろって言われてウルトラマンが好きだとか叫《さけ》ぶ奴《やつ》だぞ？　あんな恋愛音痴《れんあいおんち》の行動をいちいち勘《かん》ぐるだけ無駄《むだ》──」

「恋愛音痴だから、自覚してないだけかもしれないだろ！」

二葉の台詞《せりふ》を苛立《いらだ》たしげに遮《さえぎ》った零は、今まで一度も見たことのない表情をしていて、思わず言葉を失った。どろどろした熱と、苦悩《くのう》をはらんだ瞳《ひとみ》。

その直後。

「フニャ────！」

「キャンキャンキャイーン！」

動物たちの尋常《じんじょう》でない鳴き声が響《ひび》いて、二人はハッと同時に腰を浮《う》かせた。

「ベンジャミン⁉」

「どうした、オメガ⁉」

見れば太った三毛猫《みけねこ》が全身の毛を逆立てて、木の下に追い詰《つ》められて大きな体を萎縮《いしゅく》させたゴールデンレトリバーを威嚇《いかく》している。

「てめー、オメガをいじめるんじゃねーよ！」

オメガに駆け寄った二葉がベンジャミンを睨《にら》みつけると、同様に庭に飛び出してベンジャミンの傍《そば》にしゃがみこんだ零が、眉を吊《つ》り上げた。

「言いがかりはやめて欲しいね。ここにエサ皿があるだろ？　大方、そっちがベンジャミンのエサを食べようとしたから怒《おこ》ったんだよ。飼い主に似て強欲《ごうよく》なのかもしれないけど、ちゃんとしつけとけ」

「ナンセンス！　よそんちのエサにがっつくほどうちのオメガは安くねーんだよ。好奇心《こうきしん》旺盛《おうせい》なオメガが見慣れねえフードを眺《なが》めてただけなのに、そっちの猫が勝手に勘違いして絡んできたんだろ！　邪推《じゃすい》ばっか逞《たくま》しくて飼い主そっくりなのはそっちの方だっつーの！」

「……ベンジャミンを侮辱《ぶじょく》するわけ？　犬のくせに猫に負けて恥《は》ずかしいからって、悔《くや》し紛《まぎ》れにうちの子を貶《おとし》めるのは見苦しいよ」

「てめーが先にオメガと俺を馬鹿《ばか》にするようなこと言ったんだろ⁉　生憎《あいにく》うちの犬は育ちがいいもんでな！　平和主義の優しい奴なんだよ」

「なるほど、飼い主よりはずいぶんと上等みたいだね。そもそもオレが馬鹿にしたのは喧《けん》嘩《か》っ早《ぱや》くて短気な馬鹿飼い主のことだけだし」

「ああ、考えてみりゃ、大事なもの守るために体を張れるベンジャミンの方が、告白する勇気もなく一人でいつまでもうじうじうじうじ下らねえことで悶々《もんもん》としてる飼い主の何十倍もクールだな！」

「…………！」

「…………！」

無言でしばらく睨み合ってから、「——オーケー」と二葉が切り出す。

「いい加減、ここらではっきり白黒つけようぜ。金曜のマラソン大会で、俺が勝ったら瑞姫に告れ。そして盛大に振《ふ》られてこい」

「なっ……！」

「勝つ自信がないから断るか？　なら今すぐ負けを認めて謝れよ」

ニヤッと嘲笑《ちょうしょう》を浮かべながら挑発《ちょうはつ》すると、零はカッと顔を染めて「誰が……！」と食いついてきた。

「オレが勝ったら二葉には校庭でパンツ一丁でソーラン節を踊《おど》ってもらう。後悔《こうかい》するなよ？」

「スチューピッド！　こっちの台詞だ、身の程《ほど》知らず」

「言っとくけど、オレは中学時代〈最終兵器長距離走者《ラストブレードランナー》〉の異名を誇《ほこ》った男だよ」

「ラストってそれ単にビリっけつだったたってことじゃねーの？〈電光石火の英雄《ライトニング・メロス》〉と呼ばれたこの俺に圧倒《あっとう》的敗北を味わうがいいさ……！」

「うわ何そのセンス、ダッサ……！」

二人は再び激しい剣幕《けんまく》で睨み合った後、フンと同時に顔をそらした。

☆★☆

「土曜日？　ああ、アリスちゃんとスケートに行ったら、あの二人と合流したの」

週明け、あっさりと瑞姫に説明されて、ほらみろ、と二葉は心の中で呟いた。

思い返してみれば、その前日に、野田と高嶋がスケートに行くという話をしていた。

おそらく瑞姫は、高嶋に好意を寄せている西園寺のために一計を案じたのだろう……。

(やっぱり全部あいつの妄想《もうそう》じゃねーか。瑞姫もいつも通りだし)

馬鹿馬鹿《ばかばか》しい、と思いつつも、少しホッとしていた。

スリリングな日々に憧《あこが》れる二葉だが、そういう類《たぐい》の修羅場《しゅらば》はごめんだ。

「風が騒《さわ》いでいる……いよいよ、なのか……！」

ガタガタと強風で揺《ゆ》れる窓から外を眺めながら、頬《ほお》を染めた野田が、意味深に独り言《ご》ちた。

「おまえ達、覚悟《かくご》はいいか!?　運命の刻《とき》はもうそこまで来ている！」

「今日は春二番が襲来《しゅうらい》するってニュースで言ってたよ」

こたつでずずっとお茶をすすりつつ、瑞姫がコメントすると、ニヤリと笑《え》みを浮かべた高嶋が芝居《しばい》がかった調子で声をあげた。

「どうやら春一番がやられたようだな……」

「クク、しかし奴は我らの中でも最弱……！」

中村和博が便乗すると、「四天王か！」とまた瑞姫のツッコみが入る。

「いや、俺は――竜翔院凍牙だ」

「あーうん、そうだよね……」

中村がキリッと言い放つと、瑞姫は力なく相槌《あいづち》を打ったが、ふと首を傾《かし》げた。

「ところで春風って、何番まであるんだろうね？　春三番くらいまでなら聞いたことあるけど……」

「春先に吹《ふ》く強風という意味で使用される『春二番』や『春三番』はワイドショーが作った俗語《ぞくご》だ」

すぐさま中村が回答した。ヒーロー部でもぶっちぎりに痛いキャラを誇る男だが、この博識には二葉も素直《すなお》に感心する。

「ただ、暦《こよみ》の上で配された、冬至《とうじ》の後から春の終わりまでの間に咲《さ》く二十四種の花の香《かお》りを折々に知らせる『花信風《かしんふう》』という風であれば、二十四番まで存在する。正式名称《めいしょう》は『二《に》十四番花信風《じゅうしばんかしんふう》』」

「へえ、花の香りを運ぶ風……！」

「二十四……四天王どころじゃなかったな！」

「そんだけいれば雑魚《ざこ》だろうな〜」

「まず全員風属性ってとこからしてキャラ立てるのもハードだしな」

「フッ、『二十四番花信風』ならば、むしろ技《わざ》の名前としての方がしっくりくるだろう」

「……せっかく風雅《ふうが》な話なのに……」

「技名か！　和風ファンタジーだな。二十四番……花信風！」

交歓祭《こうかん》の折に入手した木刀を振り、必殺技のように嬉《うれ》しそうに叫《さけ》んでいた野田だったが、

「そういえば」と部室を見回した。

「パープルはどうした？」

「今週は部活休むって。——おまえら、なんか揉《も》めてるんだって？」

スマホを弄《いじ》っていた高嶋からチラリと視線を向けられて、二葉は「まあな」と不愛想に肯定《こうてい》する。瑞姫がわずかに首を傾げた。

「いつも言い争いはしても引きずったりしないのに、珍《めずら》しいね」

「………」

「だから朝からなんか不機嫌《ふきげん》だったんだ？」

「それは気のせいだろ」

素っ気なく返してそっぽを向くと、高嶋が「ほんとガキだよな～」と笑った。

ムッとして反論しようとしたところで――

「顔も合わせたくないほどの喧嘩なのか？　何があった？」

ずいっと近寄ってきた野田に、真正面から問われて、一瞬《いっしゅん》言葉に詰《つ》まる。

「……くだらねえことだよ」

「それなら早く仲直りしろ」

至って正論で諭《さと》されて、ぐうの音《ね》も出なかった。

普段《ふだん》は小学生のようなノリの奴《やつ》なのに、時々やけにズバッと真理を突《つ》いてくるので、侮《あなど》れない。

どんな時も揺《ゆ》るぎない野田のまっすぐな瞳《ひとみ》に見つめられると、自分すら知らない心の底まで見透《みす》かされそうで、ひねくれ者の自覚がある二葉はムズムズしてしまうこともあった。

(てか、あいつが顔を合わせたくないのって、俺より野田や瑞姫となんじゃねーか？　まだ勘違《かんちが》いしてそうだし……)

そんなことを思った直後、高嶋の口から飛び出した発言に耳を疑った。

「九十九が部活休むのは、マラソン大会のために走り込みしたいからだって言ってたけどな」

(…………は？)

「マラソンで勝負するんだろ？　で、罰《ばつ》ゲームがあるって……内容は知らないけど」

「スポーツで勝負か！　しかも、パープルはそのために修業《しゅぎょう》を……」

それは燃えるな、と顔を輝《かがや》かせる野田。

「マラソン……大、会……！」と絶望の面持《おもも》ちで呻《うめ》く中村の横で、瑞姫が目を瞬《またた》いた。

「なんか、九十九君が走り込みとかするなんて意外」

（だよな！）

心の中で大きく同意する。あいつはいつも大口を叩《たた》くだけの努力嫌《ぎら》いの根性《こんじょう》無しで、失敗しても「まだ本気じゃないだけ」って自分や周囲に予防線を張ろうとする男だったはず。走り込むため、なんて宣言するなど、自分を追い込むだけなのに……。

「チッ、無駄《むだ》な足掻《あが》きを……」

またしても謎《なぞ》の苛立《いらだ》ちが湧《わ》き起こり、舌打ちと共に二葉の口から飛び出したのは、まるで漫画《まんが》のショボい敵キャラのような台詞《せりふ》だった。

「マラソン……か。世界など明日滅《ほろ》びれば良いのだ……いっそこの右腕《みぎうで》のギルディバランを一気に解放し、破壊《はかい》と殺戮《さつりく》の衝動《しょうどう》に任せてカタストロフィを迎《むか》えてしまうか……!?」

「あっ、そういえば中村君、今日お菓子《かし》を持ってきてくれたんだよね？」

すっかりダークサイドに沈《しず》みかけていた中村をとりなすように、瑞姫が声をかけると、眼鏡の奥でよどんでいた瞳がハッとしたように光を取り戻《もど》した。

「フフ、そうだったな。この世界線において『中村和博』という器《うつわ》の名義上の保護者の役割を担《にな》う者が、先日遠征《えんせい》先の神戸《ヘブンズゲート》より帰還《きかん》した折、持ち帰った戦利品だ……」

そう言いながら中村が傍《そば》に置いていた紙袋《かみぶくろ》から取り出したのは、神戸にある知る人ぞ知る洋菓子店のクッキーセットだった。親の出張土産《みやげ》らしい。

「ちょっと待ってて。せっかくだし、紅茶も淹《い》れよう」

今まで緑茶を淹れていた急須《きゅうす》と湯呑《ゆの》みを持って、瑞姫が立ち上がり、なるほどと他《ほか》のメンバーも自分のカップを手にして後に続く。流しは中庭にあるので、少しだけ不便だ。


全員のカップに澄《す》んだ紅色《あかいろ》の液体が注がれ、湯気と共に優雅な香りが立ち上る。

クッキーを一つつまんで食べてみると、サクッと軽くほどけて、口の中で濃厚《のうこう》なバターの香りと程《ほど》よい甘さが広がった。紅茶によく合う、上質な味わいだ。

「うめー！　このクッキー、すごく美味《うま》いな！」

「今まで俺が食べてきた中で、空良ちゃんの手作りクッキーの次に美味いぜ……！」

「ここの甘味はS級クラスだからな……S級甘味は腐《くさ》りきった世界に疲弊《ひへい》し打ちのめされ

た孤独《こどく》な魂《たましい》にも再び希望という名の光を灯《とも》す、いわば精神のエリクサーだ」

ご満悦《まんえつ》に頬《ほお》を緩《ゆる》めながらお菓子を絶賛する中村……彼はスイーツを食べている時はいつ

も、わかりやすく幸福感に満ち溢《あふ》れている。

「──おまえたちの知るS級甘味はなんだ？」

「うーん、おれはアイスかな。夏に食べるポッキンアイスやガリガリ君は最高だ！」

「最上級は空良ちゃんの手作りお菓子全般《ぜんぱん》だけど、なぎさのマドレーヌ、茜《あかね》のトリュフ、真由《まゆ》のシュークリームも絶品だったたな。市販《しはん》品ならこんにゃくゼリー。厨は甘いもの苦手なんだっけ？」

「ああ。けどこのクッキーは美味いと思うぜ。甘すぎなければ……あと、パラブルレのキャンディは好きだ。スーパーデリシャスで、見目もファッショナブルだしな」

「パラブルレ……キャンディ専門店だったたか。ふむ、今度探索《たんさく》してみるとしよう」

「私は芋《いも》ようかん……特に三船堂《みふねどう》の芋ようかんが大好きなんだけど、限定品でなかなか手に入らないんだよね。──九十九君はなんだろう？」

「さあな」

瑞姫から視線を向けられて、俺に聞くなよと思う。

（あいつも別に積極的に甘いもの摂取《せっしゅ》するタイプじゃないよな。カルピスは好きだけど……——）

「……ブラックサンダーじゃねーの」

ふと思いついて言ってみると、「へえ」と瑞姫がかすかに瞳を瞠《みは》った。

「そういえば、バレンタインの時もすごく喜んでくれてたもんね……」

納得《なっとく》したように頷《うなず》いて紅茶を傾《かたむ》ける瑞姫は相変わらず、零の好意には全く気づかないようだ。

どこまでも眼中にないんだよな……と思うと、さすがに多少、同情したくなった。

☆★☆

零は水曜日にはちゃっかりヒーロー部に復帰した。走り込みは三日坊主《みっかぼうず》にもならなかったようだ。根性無し、と呆《あき》れつつも、二葉はどこかで安心していた。

ただ、部室でも帰り道でも、二人は互《たが》いに一切《いっさい》口を利《き》かなかった。

他の部員たちも気付いていたが、事情を知っているので静観しているようだ。

（……寒っ）

木曜日の昼休み、廊下《ろうか》を歩いていた二葉は、背筋に奔《はし》った悪寒《おかん》に身をすくめた。

春二番が吹《ふ》いた日からグンと気温が上がり、昨日は最高気温二十度というポカポカ陽気だったにもかかわらず、一夜明けてまた冬の寒さに逆戻《ぎゃくもど》りした。

（窓開いてるじゃねーか）

顔をしかめながらサッシに手をかけた時、少し先のところにいた男子生徒たちの声が聞こえてきた。

「九十九ってマジでウザいよな〜」

「ああ、あのしゃべり方とか、見た目もな〜」

壁《かべ》に貼《は》り出された交歓祭《こうかんさい》の写真を見ながら、陰口《かげぐち》を叩《たた》いているらしい。

「大した実力もないくせに偉《えら》そうだし」

「いちいちスカした態度で、上から目線で、何様だよって感じだよな」

（……ま、その通りだな）

「一匹狼《いっぴきおおかみ》ぶってカッコつけてるつもりかもだけど、気はすげー小さいし」

「そうそう、こないだも授業中、雷《かみなり》が落ちるたびにビクビクしてた！」

（ああ、ほんとビビりで小心者だよな）

いちいちもっともだ、と思いながらも、二葉の両手は知らず、強く握《にぎ》り締《し》められていた。

「センスもおかしいし。目立ちたいんだろーけど全部滑《すべ》ってて痛々しい」

「わかる。存在自体ウザいっつーか――」

ガアン、とすごい音が響《ひび》き渡《わた》り、ニタニタしながら話していた男子たちがビクッと飛び上がった。

「……ダセえことしてんじゃねーよ」

傍のロッカーを蹴飛《けと》ばした足を下ろしながら、低い声で二葉が言うと、男子たちはばつの悪そうな顔になった。

「厨……」

「お、おまえだっていつもあいつに酷《ひど》いこと言ってるじゃないか」

「俺はいいんだよ。身内だから。――言いたいことがあるなら、直接言えよ。一対一で」

睨《にら》みつけながら言い放つと、男子たちは「……スカしやがって」「調子に乗んな」など
と捨て台詞《ぜりふ》を吐《は》きながら、向こうへと去っていった。
逃《に》げながら吠《ほ》えられてもな……と呆れつつ、思いの外《ほか》強く蹴ってしまった掃除《そうじ》用具ロッ
カーに視線を向ける。
凹《へこ》んだりはしてないようだ、とホッとしたところで——

「『身内だから』か」

突然《とつぜん》、背後から聞きなれた女子の声が響き、二葉はギョッと振《ふ》り返った。
いつのまにかすぐ傍まで来ていた瑞姫が、やけに口元を緩めて、そこに立っていた。
「おまえ、なんで……」
二葉の問いに、斜《なな》め後ろにある女子トイレを指さす瑞姫。
どうやら今さっきのやり取りを聞かれていたらしい。
（……最悪……）

思わずしかめっ面《つら》になる二葉の前で、瑞姫は「うんうん、薄々《うすうす》そうじゃないかなと思ってたんだよね……」と一人で頷いている。

「何がだよ？」

「厨君って、目立つのは大好きなのに、わりと人見知りでしょ？　ヒーロー部のみんなには慣れてきたけど、基本的に他人に干渉《かんしょう》したがらないじゃない」

「……まあ」

なんとなく嫌《いや》な予感を覚えつつも、不承不承《ふしょうぶしょう》認めると、瑞姫はまっすぐに二葉を見上げながら「でも」と続けた。

「九十九君とはいつもあれだけ好き勝手言い合えるのは、何を言っても大丈夫《だいじょうぶ》っていう信《しん》頼《らい》があるからなんだよね」

「……っ……」

絶句する二葉に優《やさ》しく瞳《ひとみ》を和《なご》ませながら、「早く仲直りできるといいね」と言い残して、瑞姫は去っていった。

（…………ああ、もう、マジで最悪だ……！）

それからしばし、二葉は廊下の隅《すみ》で羞恥心《しゅうちしん》に悶《もだ》え苦しんだのだった。

☆★☆

十三日の金曜日。マラソン大会当日となるこの日は、予想最高気温五度、最低気温は零《れい》度《ど》という三月にあるまじき極寒《ごっかん》日だった。

「ほら、並べ並べー」

体育教師の先導に続いて、生徒たちがマラソンコースの河川敷《かせんじき》を文句たらたらで移動していく。

皆神高校のマラソン大会は、男子十キロ、女子五キロ。生徒たち……特に文科系の者たちにはとことん忌《い》み嫌《きら》われる極《きわ》めて不評なイベントである。

(ああ、マジで怠《だり》い……帰ってそっこー寝《ね》たい。寒すぎるし!)

派手にくしゃみをしてから、慌《あわ》ててジャージのファスナーを一番上まで閉める。

周囲が開けた河川敷は、びゅーびゅーと風が吹き付けて、体の芯《しん》まで凍《こご》えそうだった。

「よし、狙《ねら》うは優勝！　燃えてきたー！」

「途中《とちゅう》で足をくじいた空良ちゃんをおぶって医務室へ走ったのは、二年前だったな……」

伸脚《しんきゃく》をしながらメラメラと闘志《とうし》を漲《みなぎ》らせる野田、妄想《もうそう》世界に浸《ひた》っている高嶋……中村の姿は見えない。

昨日の帰宅時、『もはや手段を選んでいる場合ではない……ハルマゲドンを回避《かいひ》するにはこの方法しか……！』と呟《つぶや》きながら、異常に薄着《うすぎ》で帰宅していた中村は、風邪《かぜ》という名のノアの方舟《はこぶね》に乗ることに成功したようだ。仮病《けびょう》の可能性も大いにあるが。

そんなことを考えつつ、腕《うで》のストレッチをしていたところ、少し離《はな》れたところから零が眉《まゆ》を寄せてこちらを見ていることに気付いた。

（なんだ……？　ずっと無視してたくせに）

目が合うと、零は一瞬《いっしゅん》何か言おうとするかのように口を開きかけてから、思い直したようにフイと顔をそらした。

怪訝《けげん》に思ったが、「位置についてー」と教師の声が響いたので、意識を前方へ集中させる。

どれほど怠くても気が乗らなくても、零との対決以前にこういう勝負の場では当然、上位を獲《と》るつもりでいた。体育会系のノリが嫌いだから運動部に入ったことはないが、スポーツジムには中学の頃《ころ》から通い続けている。

勉強でも運動でも、無様な成績を残すのはプライドが許さなかったし、万能《ばんのう》な「厨二葉」を維持《いじ》するためならどんな努力も惜《お》しむつもりはなかった。

「用意――」

パアン、とピストルの音が響き、皆神高校一年の男子全員がいっせいに走り出す。

集団から真っ先にピューン、と飛び出していった小柄《こがら》な影《かげ》は、野田だ。

最初からあんな全力疾走《しっそう》で、体力持つのか？　と舌を巻きつつ、そこそこ先頭の方にいないと高順位は狙えない。

スピードを上げようとした二葉だったが、思ったように前に進めなかった。

スタート直後は混雑するため、たまたま進路が塞《ふさ》がれているせいかと思ったが、そうではなかった。

二葉に張り付くように、二人の男子生徒が常に前方で道を塞いでくるからだ。

（こいつら……！）

先日、廊下《ろうか》で零の陰口《かげぐち》を叩《たた》いていた生徒たちだった。

折り返し地点を過ぎても、彼らの嫌がらせ行為《こうい》は続いていた。

ペースを乱した二葉はどんどん順位を落とし、もはやフラストレーションはマックスだ。

進路妨害《ぼうがい》だけでなく、先ほどは足を掛《か》けられて危《あや》うく転びかけた。

抗議《こうぎ》の声をあげる二葉を無視して、彼らはどんどん先へ走っていった。

（あんの暇人《ひまじん》どもが……！）

五～六キロくらい走り慣れている距離《きょり》なのに、あり得ないほど呼吸が乱れ、全身が熱い。

意識も朦朧《もうろう》として、今自分が零より前を走っているのか後ろなのかもよくわからない。

リズムを崩《くず》されるのがこうも辛《つら》いなんて、知らなかった。

（とりあえず、あの馬鹿《ばか》二人は絶対抜《ぬ》かす……！）

胸は激しく打ち付ける鼓動《こどう》で破れそうだし、乾《かわ》ききった口の中は錆《さび》の味しかしない。

全身から汗《あせ》が噴《ふ》き出す重たい体を引きずるように、必死に両脚《りょうあし》に力を込めて駆《か》けていくうちに、やっとあの二人の後ろ姿に追いついた。

二葉が迫《せま》ってきたことに気付いた二人は、また、執拗《しつよう》に進路を塞ごうとしてくる。

ざけんな、と奮起して一気に横を駆け抜けようとした瞬間、脇腹《わきばら》に衝撃《しょうげき》を受け、たまらず屈《かが》み込んだ。

肘鉄《ひじてつ》を食《く》らったのだ、と悟《さと》った瞬間、カッと怒《いか》りで目の前が真っ白になる。

(もう我慢《がまん》ならねえ。殴《なぐ》る!)

拳《こぶし》を握《にぎ》り締《し》め、二葉が我を忘れて飛びかかろうとした次の瞬間、野太い雄叫《おたけ》びが響《ひび》いた。

「おまえら! 何やってんだ!!」

後方から自転車で猛《もう》スピードでやってきたのは、憤怒《ふんぬ》に燃えた体育教師・梅村《うめむら》。

男子生徒二人の前に立ち塞がるや、鬼《おに》の形相で彼らを睨《にら》みつけた。

「お、俺たちは何も……」

「とぼけるな! 今肘鉄していたのを見たぞ。大丈夫《だいじょうぶ》か、厨」

「……はい」

「おまえらは失格だ! こっちにこい!」

ビリビリと空気の震《ふる》えるような声で叱《しか》りつけながら、梅村は男子たちをコース外へと連行していく。今時大丈夫かというくらい厳しい熱血指導で悪名高い梅村のことだから、あの二人は相当しぼられることだろうが……。

（…………なんで、いきなり……？）

あまりの急展開に反応しきれず、二葉がポカンと立ちすくんでいたところ、不意に後ろから耳馴染《なじ》んだ声が響いた。

「あんな雑魚《ざこ》共の駆逐《くちく》なら、梅村レベルで十分だろう」

後ろから走ってきた零はそう言いながら、得意げに自らのスマホをかざしてみせた。

「オレの情報網《じょうほうもう》を舐《な》めてもらっちゃ困る……いざという時のために入手していた梅村のアドレスに、証拠《しょうこ》動画と共にタレこんだってわけさ。『反則行為アリ』ってね」

なるほど、あの二人が進路妨害などをしている様子を撮影《さつえい》し、体育教師へ報告したらしい。

（そういえばこいつ、教師たちのアドレスやアカウントをスパイ気分で集めてたっけ……）

それにしても、妨害行為を見つけてもすぐには止めずに教師に言いつけるという手段を選ぶところが、黒幕気取りの零らしかった。

極力表には出ようとせず、自分の手は汚《よご》さない。

結果的にこのやり方が、あいつらにとって一番の痛手にはなるだろうけど……。

「さて、この貸しはどう返してもらおうかな」

「ハッ、せっかく俺に勝てる万に一つのチャンスだったのに、何やってんだか」

内心感謝していたのだけれど、勝ち誇《ほこ》った零を見るともはや条件反射のように憎《にく》まれ口が飛び出した。

「おまえ、こういう時くらいもうちょっとまともな態度とれないわけ？　オレは恩人だよ？　崇《あが》め奉《たてまつ》り畏敬《いけい》と感嘆《かんたん》の眼差《まなざ》しでこの九十九零の策略を褒《ほ》め称《たた》え、土下座し靴《くつ》に接吻《せっぷん》して涙《なみだ》ながらに永遠の忠誠を誓《ちか》うべきところじゃない？」

「長《なげ》え。チクっただけだろ、偉《えら》そうに」

「はあああ？　おまえ立場わかってる？　偉そうなのはどっちだよ！」

大きく顔をしかめて突《つ》っかかってくる零に、うるせーなと思いつつ、ずっと全身に張りつめていたものが急激に溶《と》けていくのを感じた。

「……てか、顔異常に赤くない？　息もやけに荒《あら》いし、汗も……って二葉⁉」

同時に、どろどろとした溶岩《ようがん》の塊《かたまり》になったような重い体が、限界を訴《うった》えて、ぐらりと傾《かたむ》く。

「ちょっ二葉！　おい、しっかり……！　――」

☆★☆

全身が、熱くて痛くて苦しかった。

高熱に浮かされながら、二葉は昔の夢を見た。

一年生の一学期だけ通っていた中学校の中庭で、学ランを着た自分が何かを捜《さが》している。

茂《しげ》みの中からようやく見つけ出したのは、白いスポーツバッグ……その表面には黒いペンででかでかと、二葉の人格や存在を否定するような悪口が書き殴られていた。

あの時だ、とすぐにわかる。その前日までは普通《ふつう》に接していたクラスメートたちから、突然《とつぜん》、いっせいに無視をされるようになった日——。

首謀者《しゅぼうしゃ》の推測はできたが、原因は未《いま》だによくわからない。

理由なんて加害者の都合でいくらでもでっち上げられるものだから。

そこに存在するのはただ、圧倒《あっとう》的な理不尽《りふじん》だけだ。


「てめーがパッとしないからって才能に満ち溢《あふ》れた俺を妬《ねた》んでんじゃねーよ。オリジナリティのねえことしやがって。恥《はじ》を知れ！　長いものに巻かれるやつらも、どいつもこいつも……せいぜいつまんねーモブ人生送れ、無個性どもが」

毅然《きぜん》と言い切りたかったのに、口から出てきたのは、思ったよりずっと弱々しい声だった。


流しへ移動し、水を絞《しぼ》った雑巾《ぞうきん》でバッグを念入りに拭《ふ》くと、なんとか文字は消えたが、心にぶちまけられたどす黒い染《し》みは、どうしたら消せるのかわからなかった。

肺の底にたまったものを全《すべ》て吐《は》き出すような息を漏《も》らしてから、顔を上げた二葉は、ビクリと体を硬《かた》くする。

向こうから歩いてくるのは、零だった。もともと馬が合わないので同じクラスにいても話すことは滅多《めった》になかったが、二葉の状況《じょうきょう》は彼も知っているはずだ。

零は二葉に気付くと、目を少し瞠《みは》って、静止した。

ドクンドクン、と大きく自分の心臓が鳴るのがわかった。

――零の次の反応が、怖《こわ》くて仕方なかった。

やがて従兄弟《いとこ》は、いつものように嫌味《いやみ》な笑《え》みを浮《う》かべ、肩《かた》をすくめてみせた。

「さすがに堪《こた》えてるみたいだね」

音が消えていた世界が、再び動き出した気がした。

凍《こお》り付いていた体に、じんわりと痺《しび》れるように血が巡《めぐ》っていく感覚。

「……誰《だれ》が。あんな幼稚《ようち》な馬鹿《ばか》共、相手にするだけ無駄《むだ》だろ」

吐き捨てるように言うと、零は「ふーん、言うじゃないか」と眉《まゆ》を上げながら、芝居《しばい》がかった調子で二葉の横を通り過ぎていく。

「大衆なんてくだらない、それは同感だね。弱い奴《やつ》ほど群れて吠《ほ》える……まあせいぜい、絶望とやらを味わってみれば？　おまえが深淵《しんえん》を覗《のぞ》き込んだとき、深淵もまたおまえを覗くだろう……」

相変わらず、言っている本人も絶対よく意味が解《わか》っていないそれっぽい言葉だけを残して、零は去っていった。

……やっぱりあいつは馬鹿だな、と脱力《だつりょく》して。

どこまでも最低な気分だったのに、二葉は気付けば少し、笑っていた……。

――二葉が物理的な嫌がらせを受けたのはその落書きの一回だけで、クラス中から透明《とうめい》人間のように扱《あつか》われるのも（始まった時と同様に唐突《とうとつ》に）一週間で終わった。

けれど、果てしなく長く息苦しかったその一週間で、唯一《ゆいいつ》零だけが何も変わらなかった。

ただいつも通り、何も変わらず痛い奴だった。

三年後、再会した従兄弟は、やっぱり嫌味で浅はかでヘタレで口だけ達者な小心者で、徹底《てってい》的にそりが合わない奴だったけど……それでも。

子どもの頃《ころ》から全く進歩のない応酬《おうしゅう》に、二葉は心の底で安らぎを覚えていたのだった……。

☆★☆

ふっと意識が戻《もど》り、目を開けると、白い天井《てんじょう》と蛍光灯《けいこうとう》が視界に入った。

「あーあ、起きたか」

残念そうな声が聞こえて、寝《ね》そべったまま顔を横に向けると、すぐ傍《そば》の椅子《いす》に座った零が、こちらにスマホをかざしながら顔をしかめていた。

どうやらマラソン大会の途中《とちゅう》で倒《たお》れた二葉は、保健室へ運ばれ、ベッドに寝かされていたらしい。ダサすぎる、何やってんだ俺……！　と頭を抱《かか》えたくなったけど、ここで落ち込む様を見せたら更《さら》にカッコ悪いので、帰宅してから思う存分凹《へこ》むことにした。

「せっかく二葉の恥《は》ずかしい寝言を録音してやろうと思ったのに……まあでも、うなされてる声は録《と》れたから、これはこれで利用できるかな」

ニヤリとほくそ笑む零に、ふざけんなと二葉は上体を起こし、スマホを取り上げようと手を伸《の》ばす。

「貸せ！　データ全部消してやる！」

「誰が渡《わた》すもんかよ」

大声を上げながらもみ合っていたら、傍のカーテンがザッと開いて、「うるさい！」と養護教諭《きょうゆ》に一喝《いっかつ》された。

「厨君、熱測って。このところ寒暖差が激しかったからね。体調崩《くず》しちゃったんだと思うけど……」

渡された体温計を脇《わき》に挟《はさ》んで少し待つ。

寝ている間にすっかり体の痛みは消え、鉛《なまり》のようだった重量感もなくなった。今は少し気怠《けだる》い程度だ。背中に張り付いたシャツが、ビチョビチョしていて気持ち悪い……。

「朝から体調悪かったんだって？　無理したら駄目《だめ》じゃない」

養護教諭からたしなめるように言われ、一瞬《いっしゅん》何でと思ったけれど、傍《かたわ》らでスマホを弄《いじ》っている従兄弟を見て納得《なっとく》する。

（気付いてたのか……）

ピッと電子音が鳴った。三十六度八分。

「さすが、若いと回復が早いわね。それだけ元気ならもう帰れるでしょう。今夜はまっすぐ帰って早く寝てね。何かあったらまた連絡《れんらく》して……九十九君も、お疲《つか》れ様」

時計を見ると、ちょうど下校時刻だった。

だからだろうか、急《せ》かすように、保健室を追い出される。


「……ありがとうございました」

「失礼しましたー」

挨拶《あいさつ》をしながら廊下《ろうか》に出たところで――

「グリーン、もう大丈夫《だいじょうぶ》なのか？」

よく通る声が響《ひび》き渡り、野田と高嶋と瑞姫が連れ立って向こうから近づいてきた。

「タイミングバッチリじゃん。ほれ、鞄《かばん》と着替《きが》え」

「すごい熱だったんでしょ？　大丈夫？」

教室に置いていた二葉の荷物を持ってきてくれたらしい。

「サンキュー。熱は下がった」

「そうか、よかった！　グリーン、パープルは先生に連絡しておまえをここに運んだあとも、マラソン大会を棄権《きけん》して看病に残ったんだぞ」

嬉《うれ》しそうに報告する野田に、「……へえ」と気のない返事をする二葉。

「素直《すなお》に感謝しろよ。あのまま走ってたら、勝負は九十九が勝ってたわけだし」

「そうそう、今日のおまえはこのオレに一生返しきれないほどの借りを作ったんだよ？」

「あーはいはい、アリガトウゴザイマス」

「何その露骨《ろこつ》な棒読み！　こうなったら一生オレの下僕として働いてもらおうか」

「罰《ばつ》ゲームより酷《ひど》いことになってるじゃねーか」

マジでこんな奴、ほっとけばよかった……とうんざりしたように零がぼやくと、ふふっと瑞姫が笑みを漏らした。

「え、聖サン？」

「――九十九君って、口では色々言っても実は身近な人にすごく優《やさ》しいよね」

「……!?」

「そういうところ、いいと思う」

微笑《ほほえ》みと共に向けられた瑞姫からのまっすぐな賞賛に、零はみるみるカーッと赤くなった。

「……別に、サボる口実にちょうど良かっただけなんだけどね」

慌《あわ》てて顔を背《そむ》けて、なんとかクールっぽく取り繕《つくろ》おうとしていたけど、耳まで真っ赤だし、口元は緩《ゆる》みまくりで喜びを隠《かく》しきれていない。

「瑞姫、こいつは本当にサボりたかっただけだぜ」

「だからおまえが言うな、そういうこと！」

☆★☆

「ラインしたら、ブラックも午前中には熱が下がったらしいし、よかったな」

「あいつは普通《ふつう》にサボりでしょ」

「まー、竜翔院に十キロは無理ゲーだよな……じゃ、また来週な」

「おー。お疲れ」

「うん、バイバイ……」

チャリ通の野田と高嶋、バス通の瑞姫とは校門前で別れて、駅への道を歩き出す。

夕焼けに長く影《かげ》を伸ばしながら、零は鼻歌を口ずさみ始めた。

あからさまに、ご機嫌《きげん》だ。


「ホワイトデーのお返しは決まったのか？」

「っ……余計なお世話だよ」

二葉の言葉に、零はギクッとしてから、顔をしかめた。

先週、雑誌でスイーツ特集を見ていたからきっと迷っているんだと思ったし、優柔不断《ゆうじゅうふだん》でどうせ直前まで決められないだろうと見越《みこ》していたけど、案の定だ。

ほんと、わかりやすい奴《やつ》……と苦笑《くしょう》した直後。


「どうせ二葉はパラブルレのキャンディだろ。それも買い忘れるのが不安で二週間前から用意してるんだ」

「………」

商品のチョイスだけでなく買った時期まで言い当てられて、なんとも複雑な心持ちになった。

「二葉ってそーゆーとこ、変に余裕《よゆう》ないってか神経質だよね」

「迷いすぎて直前までアワアワする奴よりマシだろ。てか明日《あした》土曜で休みだし、どうすんだよ。家まで渡しに行くのか？」

「……そのつもりだけど」

「マジで？　告るのか？」

驚《おどろ》いて見つめると、零は表情を硬《かた》くして、沈黙《ちんもく》した。

（まさかマラソンの勝敗関係なしに、告白するつもりだったのか……？）

ちなみに二葉は今朝のうちに教室で渡したところ、瑞姫はお返しを全く期待していなかったようで、とてもビックリしていた。二葉としてはどんなチョコでも貰《もら》ったからにはお返しは当然というつもりで、彼女も喜んでくれていたが……。

(ブラックサンダーのお返しを、わざわざ当日に家まで渡《わた》しに行くなら——告白まではできなくても、さすがに瑞姫も意識するようにはなるかもな)

ダブルデートの一件でそんなに思うことがあったのか、二葉に挑発《ちょうはつ》されたことで奮起したのか、それとも他《ほか》の理由があったのか……それはさすがにわからなかったけれど。

(……そうか。俺が、瑞姫のことで一喜一憂《いっきいちゆう》するこいつにイライラしてたのは……)

オレンジの光に染まる、どこか大人びたような横顔を見ながら、二葉は気付く。

(不安で、悔《くや》しかったんだ)

変わらないと思っていた従兄弟《いとこ》が、自分より先に、自分が知らない感情を知ってしまったことが。

零のくせに、二葉も認めてしまうような相手を見つけ出して、今までとは違《ちが》う顔をするようになったことが。

あんなに夢中になっていたライブの興奮も、一瞬《いっしゅん》で吹《ふ》き消してしまうほどの想《おも》い。
くだらないことでいつまでも落ち込んで、ささいな一言で有頂天《うちょうてん》になって、彼女のため
なら今まで考えられなかったような行動もやってのけて。
相手が瑞姫なら、それはきっと、気の迷いなんかではないだろうから——。

電車を乗り継《つ》いで自宅の最寄《もよ》り駅に降りた頃《ころ》には、日はすっかり沈《しず》んで、藍色《あいいろ》の空に星
がぽつぽつと煌《きらめ》き始めていた。

「じゃあね」

「零。……悪かったな」

分かれ道で去って行こうとした背中に呼びかけると、零は少し驚いたように、こちらを
振《ふ》り返った。

「って、ベンジャミンに伝えといてくれ」

「ベンジャミンかよ！　——オレからもオメガにごめんって言っといて」

やれやれ……とうんざりした様子でため息を吐《つ》く零に、二葉は「それから」と言葉を継いだ。

「瑞姫の好物。三船堂の芋《いも》ようかんだって」

「……!?」

「行列必至の限定品だし、渡せたら喜ぶんじゃねーか。……いまいち色気はねえけど」

意表を突《つ》かれたように固まる零に小さく笑《え》みを閃《ひらめ》かせてから、二葉はくるりと背を向けて、自分の道へ歩き出す。

「——グッドラック」

後ろ手で右手を振って、別れを告げた。

☆★☆

週明けの月曜日。早朝。

「あ、二葉」

「……零、おまえ……」

登校時、最寄り駅の前でバッタリ行き合った零は、じいっと見つめる二葉の視線を振り切るように少し顔をそらして、肩《かた》をすくめた。

「まあ、ね……よく考えてみたら、自宅には家族もいるわけだし？　聖サンも呼び出しとかされたら恥《は》ずかしいと思うんだよね。近所で会うとかしても、知り合いに目撃《もくげき》されて噂《うわさ》になったら迷惑《めいわく》かもしれないし……」

「――やっぱりか。土壇場《どたんば》で日和《ひよ》りやがったな、このチキンが！」

「ほっとけ！　調べてみたら仏滅《ぶつめつ》だし星占《ほしうらな》いは十二位だし茶柱は沈むしカラスはギャーギャー騒《さわ》いでるし靴紐《くつひも》まで切れたんだよ！　これはいわば戦略的撤退《てったい》ってやつさ」

言い訳を並べ立てる零を前に、アホらし……と体の芯《しん》から脱力《だつりょく》する二葉。

結局家まで行く勇気さえなく、すごすごと引き返したようだ。

（……やっぱ、こいつはずっとこのままかもな……）

「あ、三船堂の芋ようかんは入手したよ？　十四日の当日に始発で行って、まだ暗いうちから開店まで行列してさ……パッケージもホワイトデー仕様でなかなか洒落《しゃれ》てるし、遅《おそ》くなったけど、喜んではくれるだろう」

バッグを叩《たた》き、フフンと顎《あご》を上げる零に、二葉は「零……」と真顔で教えてやった。

「三船堂の芋ようかんって、消費期限一日だぜ？」

「！！？？？」

第五章
ヒーロー部よ永遠なれ

「はあぁ……この一撃《いちげき》に、すべてを込める……スーパーローリングファイヤー！」

威勢《いせい》のいい台詞《せりふ》と共に野田君の手から放たれた赤いボールは、剛速球《ごうそっきゅう》でボウリングレーンの左端《ひだりはし》の溝《みぞ》へと吸い込まれていった。ガーター。

「うーむ。なかなか難しいな～」

「……野田君、もしかしてボウリング初めて？」

「ああ」

あっさり頷《うなず》く野田君に、私はうわ～と内心で頭を抱《かか》えた。


三月二十一日、春分の日の今日は、厨君がサービス券をもらったとのことで、ヒーロー部のみんなでボウリングに来ていた。アリスちゃんも誘《さそ》ったんだけど、家族との用事が入っていたらしく、メンバーは厨病《ちゅうびょう》ボーイズと私の計六人だ。

二人一組のチーム戦にしようということになって、くじ引きで決まったチームは九十九君と高嶋君、中村君と厨君、そして野田君と私。最下位チームは罰《ばつ》ゲーム有り。

スポーツ万能《ばんのう》の野田君と一緒《いっしょ》だからラッキーと思ったけど、どうやらそう甘くはなかったようだ。

「次はピンクの番だな！」

「うん」

ボールを手にしてすうっと一度呼吸を整えてから、えいっと投げる。倒《たお》れたピンは五本。

私も大して得意ではないんだよね……これは苦しい戦いになりそうだ。

「ボウリングは必ずしも身体能力に依存《いぞん》しないスポーツ……データ分析《ぶんせき》やフォームの切り替《か》え、イメージ力などが鍵《かぎ》を握《にぎ》る」

キランと眼鏡を光らせながら、中村君がいつもつけている白い手袋《てぶくろ》を外し、床《ゆか》に投げ捨てた。

「おお、竜翔院が制御装置《リミッター》を外した……」

「七十キロあるんだよな⁉　本気を出すのか、ブラック！」

ざわつく高嶋君や野田君に、フッと口元を吊《つ》り上げつつ、中村君が黒いボールを手にとる。スタート位置で構える姿は、なかなか堂に入っていた。

「倒しても倒しても湧《わ》いてくる虫けら共め……だが、俺の前に立ち塞《ふさ》がる障壁《しょうへき》は全《すべ》て薙《な》ぎ倒してみせよう」

ボウリングピンを前に魔王《まおう》の如《ごと》き笑《え》みを浮《う》かべて語っていた中村君の目が、カッと見開かれる。

「この俺の魔力の前に砕《くだ》け散れ——いざ！　っ——うがあああああああ」

放たれたボールはガン、と鈍《にぶ》い音と共に床に激突《げきとつ》し、ガーターへ一直線。

直後、右肩《みぎかた》を押さえて悶絶《もんぜつ》する中村君。

「肩が、肩があぁ……ギルディバランの浸蝕《しんしょく》がこんなところまで進んでくるとは……っ！」

変なフォームで投げるから肩に妙《みょう》な負担がかかったんだね……。

「ま、ちょうどいいハンデだな」

不敵に呟《つぶや》きながら、右手に一見機械のようなメタリックな道具を着ける厨君。

「うおっグリーン、なんだそれ、かっけー！」

「メカテクター……手の負担を軽減させるアイテムだ。プロはよく着けてるぜ」

いいないいなーと目を輝《かがや》かせる野田君たちにニヤッと頬《ほお》を緩《ゆる》めながら、厨君がボールを手にとる。そのボールもなんだかデザインが一味違《ちが》ってカッコいい。

「マイボール⁉　こいつ……ガチか」

「プレイするのは年に数回程度だが、どんな時もファッショナブルに決めたいだろ？」

目を瞠《みは》る高嶋君に厨君は髪《かみ》をかき上げながらそう返していたけど、その後投げた結果はストライク——もとい、スペア。（一フレームの二投目だから、一気に十本倒してもスペアになるのだ。）

このボウリング場も彼のお父さんの会社の系列店だというから、なかなかに経験を積んでいるようだ。

「オレだってボウリングにはそれなりに覚えがあるよ？」

フンと鼻を鳴らしながら、九十九君も右手に、親指、中指、薬指だけが露出《ろしゅつ》した黒の指ぬきグローブを装着する。

「パープルのもかっけーな！」

「これはフィット感を高めるタイプのボウリンググローブさ」

へえ、九十九君も厨君の従兄弟《いとこ》だけあって、ボウリング場には通い慣れてるのかな？

鋭《するど》い眼光でピンを見据《みす》えてから、助走をつけて放たれる紫《むらさき》のボール……倒れる白いピン。

点数表に表示された数字は、六。

「「「普通《ふつう》だな……」」」

「普通って言うな！」

不意に、可愛《かわい》らしい歌声のアイドルソングと共に近くのモニターに『アイライブ！』の映像が流れ出した。高嶋君がリクエスト再生したのだろう。

「よーっし、テンション上がってきたー！　君たちの応援《おうえん》があれば、俺は限界だって超《こ》えてみせる！」

満面の笑みを浮かべながら、黄色のボールを持って立ち上がる高嶋君。

「空良ちゃん、君のハートに——ストライクゥ！」

掛《か》け声はダサかったけど、残っていた四本のピンは綺麗《きれい》に倒れ、スペアとなった。

高嶋君も結構器用だよね。

☆★☆

「スーパーローリングファイヤーリターンズ！」

野田君が放ったボールはすごい勢いで中央を突《つ》き抜《ぬ》け、壮快《そうかい》にすべてのピンを弾《はじ》き飛ばした。

「よし！」

「すごい！　またストライク！」

笑顔の野田君とハイタッチを交《か》わす。

何回か投げるうちにコツをつかんだらしい野田君は、見る見る上達していった。

「くっ、オレだって……」

九十九君が投げた球は——五点。

「「「やっぱり普通だな」」」

「だから普通って言うな！」

「ここでまたスペアが取れたら——今夜は空良ちゃんの夢を見る！」

謎《なぞ》の願掛けを叫《さけ》びながら投げた高嶋君の球は、惜《お》しい！　あと一本残った。

それでも二人のチームも着実に点数を伸《の》ばしている。

一方、中村君たちは……。

「いいか、振《ふ》り子のイメージでストレートに振って、腕《うで》が前に行ったときにボールから手を離《はな》す。目線はピンより前にあるあの三角のマークに据《す》えて、あそこの真ん中めがけて投げるんだ。スピードはいらねえから落ち着いていけ。オーケー？」

「把握《はあく》した」

講師役の厨君に頷《うなず》くと、中村君は真剣《しんけん》な表情で、レーンに目を向けた。

手に持っているのは、子ども用のボールだ。

「唸《うな》れ、俺のシュヴァルツバル！」

ガン、と変なタイミングで落とされたボールは、のろのろ……のろのろ……と亀《かめ》のようなスピードで進んでいく。これはガーターにはならなそうだけど……。

一同が固唾《かたず》をのんで見守る中、やがてボールはピンの少し手前でピタリと止まってしまった。あと一息のところで、完全に静止。

――ゴクリ、と大きくつばを飲み込んだ中村君が、呻《うめ》くように言う。

「まさか……時を操《あやつ》る能力者がこの付近に潜伏《せんぷく》している……!?」

「時使い!?　最強クラスの能力者だな！」

「スチューピッド！　この付近にいるのは究極の運動音痴《おんち》だけだ！」

「……どーするの、あれ？」

「もう一つボールをぶつけて動かすか？　ビリヤードみたいに」

ボールを手にとった高嶋君を「いやいや」と止める。

「今店員さん呼ぶから、どかしてもらおう」

呼び出しの受話器を耳に当てる私の横で、中村君が「――把握した」と眼鏡のブリッジを押し上げた。

「ボウリングは――理屈《りくつ》じゃない」

ドヤ顔で言い切られてもね……。

☆★☆

「というわけで、罰《ばっ》ゲームタ〜イム」

ファミレスのテーブルを囲み、わ〜と拍手《はくしゅ》をする一同の前で、ぶぜんとした表情の九十九君と虚《うつ》ろな眼差《まなざ》しの高嶋君。

最下位は意外にもこの二人だった。

「恨《うら》むよ高嶋……」

「どうとでも言え……もう、今は何も考えられん……」

彼らのチーム、最初はむしろトップだったのだが、途中《とちゅう》から高嶋君が明らかに調子を崩《くず》してこの結果だった。なんでも高嶋君の二次元彼女である『茜《あかね》』と『夕子《ゆうこ》』のいるスマホゲームを起動したところ、なんの前触《まえぶ》れもなくアプリがサービス終了《しゅうりょう》していたとのこと。『アイライブ！』ほどではなくても、それなりに愛と時間を注いでいたゲームだったらしく、高嶋君はひどくショックを受けていた。

さて、罰ゲームの内容はというと、先日このファミレスに「春のヘルシーフェア」の新メニューの一つとして実装された話題のドリンク「スーパーせんぶり茶」を飲むというもの。その苦さで有名なせんぶり茶を、更《さら》に栄養たっぷりに、更に苦くオリジナル配合したということで、あまりの不味《まず》さに巷《ちまた》で大人気という不思議な現象が起こっていた。

「「「はい、飲んで飲んで飲んで～飲んで♪」」」

小さく手を叩《たた》いてみんながとる拍子《ひょうし》に合わせて、ゴクゴクゴクッと一気に喉《のど》に流し込む九十九君と高嶋君——と思った次の瞬間《しゅんかん》。

ブーッとすごい勢いで二人同時にふき出して、一同騒然《そうぜん》となった。

「汚《きたね》え！　思いっきりこっちかけるんじゃねーよ！」

「俺としたことが……噴射《ふんしゃ》をかわす間もなかった……」

「こら、もったいないことするな！」

「～無理無理無理、これ不味すぎるから！　水、水……！」

「うええ、気持ち悪……ヤバい、生まれる……」

「ちょっと、ここで吐《は》いちゃ駄目《だめ》だよ!?　あと声大きい……すみません、気を付けます」

おしぼりで机を拭《ふ》きつつ、何事かとこちらに視線を向ける周囲のお客さんに慌《あわ》てて頭を下げると、厨病《ちゅうびょう》ボーイズも身をすくませて、声のボリュームを落とした。

「――しかし、注文したものを残すのは良くないぞ」

「いや、これ本当に魔《ま》界《かい》の産物だから。飲み干すとか絶対無理」

「ああ、どんなに頑張《がんば》ってもあと一口が限界だぜ。トホホ、愛する女を一度に二人も失って傷心のところにこんな責め苦まで……惨《みじ》めで泣けてくる……」

青くなって必死に訴《うった》えてくる二人に、野田君は「仕方ないな」と腕を組んだ。

「こうなったら連帯責任だ。みんなで一口ずつ飲めばなんとかなくなるだろう」

「なん……だと？」

「俺たちも⁉　――クソ、やっぱ一杯《いっぱい》にしとけば良かった」

注文する時、店員さんに「本当に苦いけど大丈夫ですか？」と確認されたのに、調子に乗って二杯注文しちゃったんだよね。

うう～、嫌《いや》だけど、一口くらいならなんとかなるかな。味見だと思えば――。

その後、本当に信じられない程《ほど》の不味さに次々と悶絶《もんぜつ》し、死にそうになる部員たちの様子が繰《く》り広げられ、この日は『ある凄惨な春の日《ブラッディ・スプリング》』としてヒーロー部に長く語り継《つ》がれることとなった。

…………ご馳走様は聞こえませんでした…………。

☆★☆

「ただいま……あれ、今日はやけにご馳走《ちそう》だね？」

ダイニングキッチンの食卓《しょくたく》に並ぶ夕食を見て目を瞬《またた》いた私に、「おかえりー」とエプロン姿のお母さんが笑いかける。

「だって今日はパパが帰ってくる日じゃない。がんばったのよ」

「あ、そういえば今日だったっけ。すっかり忘れてた」

うちのお父さんはフランスに単身赴任《ふにん》していて、年に数回、休暇《きゅうか》をもらって帰ってくるという生活をこの三年間続けていた。夏休みはいつも私たちの方が遊びに行くんだけど。

「そんなこと言ったらパパ泣いちゃうよ？　瑞姫もサラダ作るの手伝って」

「わかった。手を洗ってくるね」

野菜を洗って切って盛り付けるだけの簡単な調理をして、お皿を食卓に並べ終わったちょうどその時、ピンポーンとインターホンが鳴った。

「はーい」

「……瑞姫。ただいま！　会いたかったぞ～」

出迎《でむか》えた私を見て、頬《ほお》を緩《ゆる》めるお父さん……あれ？　なんか、テンション低い？

いつもなら、こういう時は必ず「私の究極大天使～」とか叫《さけ》びながら抱《だ》き付いてくるのに……いや、うっとうしいから、これくらいで丁度いいんだけど。

「おかえりなさい。お疲《つか》れ様」

「うんうん、ありがとう。少し会わない間にまた可愛《かわい》くなったなあ。昔から可愛かったけど、見るたびに可愛くなる。どこまで進化するんだ瑞姫、末恐《すえおそ》ろしい……エプロン姿も眩《まぶ》しいぞぉ」

「やめて気持ち悪い」

「ガーン！」

大げさによろめくお父さん……やっぱりいつもと同じか。——と思ったんだけど……。

「この春から、家族みんなでフランスで暮らそう」

夕食の席で、お父さんの口から飛び出した爆弾《ばくだん》発言に、それまで和《なご》やかだった食卓はシーンと静まり返った。

お母さんもおばあちゃんも私も、突然《とつぜん》の提案に箸《はし》を動かす手を止め、しばらく反応できなかった。

「あなた、何をいきなり……」

「いきなりじゃない。もう我慢《がまん》できないんだ」

お父さんの顔は、真剣《しんけん》そのものだった。

「……嫌だよ。私は日本が好きだって何度も言ってるでしょ？」

ドキドキと速くなっていく鼓動《こどう》を自覚しながら主張したけれど、お父さんは「瑞姫……」といつになく厳しい表情で、私に首を振《ふ》ってみせた。

「今まではおまえの考えを第一にしてきたけど……パパの任期はまだあと二年もある。これ以上家族がバラバラで暮らすのは、どうしても耐《た》えられないんだ」

……そんな……。

「お義母《かあ》さんも、ご負担をおかけしますが、どうか一緒《いっしょ》に来てください。向こうにも二世帯で転勤している同僚《どうりょう》はいますし、グループ会社の家族会がありますので、サポート態勢は万全《ばんぜん》です」

「……まあ、隆司《たかし》さんだけを外国に行かせるというのは気の毒だと思ってましたからねえ。私はもう一人では暮らせないし、どこでも付いていきますよ」

年の功なのか、この席で一番早く平静を取り戻《もど》したおばあちゃんが、達観したようにそう言うと、お母さんもはあっとため息をついた。

「……まあ、こうなる日がくるかもと覚悟《かくご》はしてたけど。そうか、四月から私もパリジェンヌか……」

「私はベルサイユ宮殿《きゅうでん》を観《み》てみたいねえ」

「フランスは世界一の観光大国ですから、見どころは満載《まんさい》ですよ」

なんだかウキウキと話し出す家族たちに、「ちょっと待ってよ！」と思わず声を荒《あら》げる。

「私は学校があるんだよ？　急にそんなこと言われても……フランス語なんて全然しゃべれないし」

「インターナショナルスクールに入ればいい。日本人も沢山《たくさん》いるし、春休みに集中して勉強して、向こうでも語学学校に通おう。最初は大変かもしれないけど、海外経験は絶対、瑞姫の財産になる」

「…………！」

その後、私が何を言ってもお父さんは断固として聞き入れてくれなかった。

☆★☆

「「「「転校する⁉」」」」

週明けのヒーロー部で事情を話すと、厨病《ちゅうびょう》ボーイズも全員、しばらく言葉を失っていた。

「しかも、一週間後には向こうに行くって。信じられないよね」

「マジかよ、聖の父ちゃん……暴走しすぎじゃねーか？」

「フランス……聖サンが……フランス……？」

「時差が八時間、飛行機で十二時間……この世界線の空間移動魔術《まじゅつ》が解放されていない現段階、そう容易には往来できない距離《きょり》だな」

「今まで留学経験はないんだろ？　インターでも授業は全部英語だからな……高二から初海外ってのはかなりシビアだと思うぜ」

「私も絶対嫌《いや》なんだけど、お父さんが全然聞く耳を持たなくて……」

ギュッと両手を握《にぎ》り締《し》めて、やるせない気持ちを抑《おさ》え込む。

今まで何の準備もしてこなかったのに、急にこんなことを言い出すなんて、本当にあり得ない。


あまりにも身勝手な言動に腹が立って、あれ以来家ではご飯とお風呂《ふろ》の時以外はずっと部屋に閉じこもっていたし、お父さんとは極力口を利《き》かないようにしていた。

ここまで私が怒《おこ》っていたら、いつものお父さんなら慌《あわ》てふためいて折れてくれると思うのに、今回に限っては悲しそうな顔は見せても、決意を変えるつもりはないようだった。

お母さんもおばあちゃんも、「瑞姫には悪いと思うけど、パパの気持ちもわかってあげて」とお父さんの味方で、家族の中で私だけが孤立無援《こりつむえん》……。

「――よし。親父《おやじ》さんを、説得に行こう」

それまで呆然《ぼうぜん》と目を瞠《みは》ったまま黙《だま》りこくっていた野田君が、顔を上げてきっぱりと言った。

「ピンク。今日は親父さんは？」

「たぶん家にいると思うけど……」

「よし、今から行こう」

「今から⁉」

ビックリする私に、野田君はなんでもないように頷《うなず》くと、上着を羽織って鞄《かばん》を手にとる。

他《ほか》のメンバーも最初は驚《おどろ》いてたけど、すぐに「行くか」「ふむ」「そうだね」「オーケー」とそれぞれ機敏《きびん》に動き出した。

みんなで連れ立って部室を出たところ、校門付近で見知った背中を見つけて、私は思わず声を張り上げた。

「お父さん……⁉　どうして？」

「瑞姫！……ちょっと手続き関係でね」

お父さんは一瞬《いっしゅん》顔をほころばせてから、少しばつが悪そうに手に持った書類に視線を落とす。

「手続きって……転校の？」

さっと全身を強張《こわば》らせる私に、お父さんは辛《つら》そうな、けれど譲《ゆず》れない眼差《まなざ》しで「ああ」と頷く。私はまだ、行くって言ってないのに……！

「親父さん！　ピン……瑞姫を連れて行かないでくれ！」

一歩前に踏《ふ》み出した野田君が、必死の様子で呼びかけた。

「君は……確か、野田君だったか」

「はい。――お願いします。おふくろさんやばあちゃんは乗り気でも、瑞姫は嫌がってます。親父さんの寂《さび》しいって気持ちはわかるけど、せめて瑞姫だけ残していくことはできませんか？　おれだって一人暮らしをしてるし――なんなら、瑞姫もおれの家に住んだらいい！」

「「「「「!?」」」」」

大真面目《おおまじめ》に問題発言をかました野田君に、その場にいる全員がギョッと目を丸くした。

ちょ、野田君だから、他意はないんだろうけどそれは——！


「おれたちには、ピンクの力が必要なんだ！」

「ピ、ピンクの力……って君たち、うちの娘《むすめ》に何をさせる気だ⁉」


真っ赤になって取り乱すお父さん。ひー、更《さら》にあらぬ誤解が深まった——！

「スチューピッド！　もうてめーは黙ってろ！」

厨君が野田君の口を塞《ふさ》いで抑え込むと、今度は高嶋君が前に出てきた。

「聖のお父さん。俺も話を聞いたけど、あんまりですよ？　大人の都合だか何だか知らないけど、納得《なっとく》できません！　突然《とつぜん》の別れなんて茜と夕子とだけで十分だ……！」

「……茜？　夕子？　君はそんなに何人もの女子を弄《もてあそ》んできたのか？」

「おおおお父さん！　瑞姫サンはオレ……たちにとって、なんていうか、なくてはならない存在……というか……」

「君のような奴《やつ》にお父さん呼ばわりされる筋合いはない！」

「聖瑞姫はこの皆神高校で運命に導かれ集《つど》いし六つの光の一つ……この右腕《みぎうで》に封印《ふういん》された暗黒神ギルディバランが復活するXデーで、必ずや重大な役割を担《にな》うと宇宙の記録層・アカシックレコードにも刻まれた聖なる戦士にして、この俺、竜翔院凍牙の盟友だ。軽率《けいそつ》な真似《まね》はよしてもらおう」

「…………よくわかった」

青ざめたお父さんが、呻《うめ》くように言う。

「やはり瑞姫は一緒《いっしょ》に連れて行くべきだということがね。君たちのような奴がいる日本に大事な娘を置いていけない！　帰るぞ、瑞姫！」

「ちょっと、お父さん、引っ張らないで……！」

お父さんは今まで見たことも無いくらい険しい顔で、無理やり私の腕をつかんでずんずんと進もうとする。

「待ってよ、私はもう高校生なんだから――」

「待てない！」

すごい剣幕《けんまく》で遮《さえぎ》られて、私は息をのむ。

『『もう高校生』、そんなことわかってる。だからだよ。瑞姫はもう数年もしたら大人になってしまう。家族で一緒に過ごせるのはあとわずかなんだ！　かけがえのない残りわずかな日々、その成長を間近で見守りたい……パパにはその権利と義務がある！　――わかってくれ」

悲痛な表情で訴《うった》えられて、それ以上何も言えなくなった。

お父さんはそのまま、私を連れて校門まで行くと、通りかかったタクシーを停《と》める。

私がお父さんと一緒にタクシーに乗せられ、車が発進するのを、野田君たちもなす術《すべ》なく、見送っていた。

☆★☆

お父さんは本気なんだ……私がなんと言おうと、家族みんなで外国で暮らそうと思ってる……。

帰宅後、ショックでどうしていいかわからなくて、しばらくまた二階の自分の部屋に閉じこもっていた。

あれこれ思い煩《わずら》っているうちに、いつのまにか外は真っ暗になっていた。

まだ制服も着替《きが》えていない。とりあえずシャワーを浴びて、少しでも気分転換《てんかん》しよう……そう思って、力の入らない足で階段を降りる。

「——まさか私がそばにいない間に、あんなとんでもない友達ができていたなんて……」

リビングの前まで来たところで、ドアの隙間《すきま》から、お父さんがお母さんに話している声が聞こえてきて、思わず私は足を止めた。

「野田君と高嶋君は初対面の時はいい子に見えたけど、思い違《ちが》いだったようだ。他の子も、見るからにチャラついていたり、乱暴な言葉を使っていたり、理解不能なことをしゃべっていたり……これ以上付きまとわれたら瑞姫にどんな悪影響《あくえいきょう》がでるかわからない。一刻も早く引き離《はな》さなければ——」

「あの人たちのことを悪く言わないで！」

カッと頬《ほお》が熱くなって、気付けば叫《さけ》んでいた。

「悪影響とか、勝手に決めつけないでよ！　引き離すって何？　私の意志は？　私の気持ちは無視して、いつもお父さんの都合ばっかり……」

「瑞姫……」

ツンと鼻の奥が痛くなり、焦《あせ》ったようなお父さんの姿がじわりと滲《にじ》む。

「子どもの頃《ころ》から何回も転校してきたよね？　仕事だから仕方ない、うちはこういう家なんだって思って、ずっと我慢《がまん》してきたけど、本当はいつも寂しかった。——もう嫌《いや》なの！」

初めての海外生活で、言葉とか、勉強についていけるかとか、生活環境《かんきょう》の変化への不安もあるけど、本当に嫌なのはそこじゃない。

お馬鹿《ばか》で痛くてこじらせまくりの人たちだけど、私を仲間だって言ってくれた。

いつだって大好きなものに夢中で、カッコつけだけどズレてて、困ってる人を見ると放《ほう》っておけなくて——優《やさ》しい彼らと離れるのが、どうしても嫌だった。

「みんなのこと、何も知らないくせに……お父さんなんて大っ嫌《きら》い！」

ボロボロと頬に落ちる大粒《おおつぶ》の雫《しずく》をぐっと袖《そで》でぬぐってから、私はくるりと踵《きびす》を返し、そのまま玄関《げんかん》を飛び出した。

「瑞姫!? 待ちなさい、瑞姫——」

☆★☆

月も見えない曇天《どんてん》の下、大通りに出て、お父さんに追いつかれる前にタクシーに飛び乗る。

どこに行こうとかは全く考えていなかったけれど、「行き先は?」と聞かれると、唇《くちびる》から、ある繁華街《はんかがい》の名前がぽろりと零《こぼ》れ出した。

「……そこでいいです」

車を停めてもらって私が降り立ったのは、夏ごろ、私たちが銀行強盗《ごうとう》に遭遇《そうぐう》した銀行だった。営業時間はとっくに終わって、閉じたシャッターが外灯に照らされている。

あの時は本当に、どうなることかと思ったよね。

人のいるところでは極力『力』を使わないって決めていたのだけど、野田君たちがあまりにも一生懸命《いっしょうけんめい》だったから、私も引きずられて結局あんなド派手なことをしてしまった。

「無茶《むちゃ》したよなあ……」

厨病《ちゅうびょう》ボーイズも、私も。

思わず苦笑《くしょう》してから、気の向くままに歩き出す。

衝動的《しょうどう》に飛び出してきたから、お金はポケットに入れていた分だけで、もうほとんど残っていない。

今はただ、家に帰りたくなかったし、先のことなんて何も考えたくなかった。

時折、補導員っぽい人を見かけるたびに身を潜《ひそ》めたりしながら、どれくらい彷徨《さまよ》っていただろう……いい加減足がクタクタになってきた頃、広い公園にたどり着いて、私は立ち止まった。

——銀行強盗事件の後、彼らが水遊びをしていたあの公園だった。

着替えもないのにビチョビチョになって、本当に馬鹿だと思ったよ。

『止めるな、ピンク。男に生まれた宿命なんだ』

プール用のタオルで体を拭《ふ》いてから、一度水着になって、全身の服を絞《しぼ》って、しわしわの濡《ぬ》れた服で電車に乗って帰った彼らの姿を思い出して、また頬がほころぶ。

どうせなら水着に着替えてから遊べばよかったのに、そんな気は回らないんだよね……。

ポツリ、と冷たいものが頭に落ちて、ハッとして空を見上げる。

パラパラと降り出した雨を避《さ》けるため、私は慌《あわ》てて、大きなタコ型滑《すべ》り台の足の一部、洞窟《どうくつ》のようになったトンネルの中へと逃《に》げ込んだ。

まばらだった雨は、あっという間に本降りになった。

遊具や地面に激しく打ち付ける雨音を聞きながら、三角座りをして、セーラー服にカーディガンを羽織っただけの体を縮める。

この時季は本当に、寒暖差が激しい。

すぐ傍《そば》の外灯の下で、枝の先に咲《さ》き始めた桜が冷たい雨に打たれて揺《ゆ》れているのが見えて、胸が痛んだ。

スマホは電源を切っていたので時間はわからないし、暇潰《ひまつぶ》しもできない。

ただぼんやりと、雨粒《あまつぶ》が地面に水たまりと波紋《はもん》を作っていく様を見つめていた。

やがてトンネルの床《ゆか》にも水が浸入《しんにゅう》してきて、奥に避難《ひなん》したけれど、それでもお尻《しり》が濡れそうになったので、腰《こし》を浮《う》かして屈《かが》みこむ体勢に変える。

タコの頭のところに行けばよかったな、と思ったけど後の祭りだ。

雨が止《や》んだら、そっちに移動して、今夜はそこで明かそうかな……。

こんな絵に描《か》いたような無計画な家出をするなんて、私もまだまだ青いよね。

高嶋君にはよく「若さがない」って言われるし、厨君にも「おまえはピンクというよりシルバーじゃね？　老人的な意味で」なんてからかわれたこともあるけど、ちゃんと歳相《としそう》応のところもあるんだよ？

あの人たちが家出することとか、あるのかな……野田君は反抗期《はんこうき》とか無さそう。

高嶋君や中村君もわりと素直《すなお》そうだし、九十九君は……家出はしてもその日のうちに帰ってそう？　なんとなく。

一番可能性があるのは厨君かな。前に見たお父さんは厳しそうな感じだったし……実際どうかはわからないけど。

家族の話は野田君のおばあちゃんの話くらいしか聞いたことないけど、今度みんなに聞いてみたいな……特に中村君のご両親とか、どんな人か、全然想像つかないや。

何とはなしに意識に浮かぶのはヒーロー部のみんなのことばかりで、それを自覚したら急に切なくなった。

今の私は、どうしようもない現実から目を背《そむ》けて、逃げているだけなんだ。だけど……。

不意に、雨音に交ざってバチャバチャと複数の人が近づいてくる足音が聞こえて、私はハッと身をすくめた。

急に暗闇《くらやみ》が心細く、恐《おそ》ろしく思えてくる。

トンネルの奥に入ったので、外からこちらは見えないし、こちらからも外は見えない。

こんな時間にこんな場所にくるなんて……不良？　ホームレス？

変な人だったらどうしよう……。

震《ふる》え出す体を両腕《りょううで》で押さえて、息を殺して出口を見つめる。

ひょいと屈み込んでこちらを覗《のぞ》き込んだのは、大きな瞳《ひとみ》の童顔の男子だった。


「――見つけた！」


心底ホッとしたように、嬉《うれ》しそうに微笑《ほほえ》まれて、全身から一気に力が抜《ぬ》けるのを感じた。

「野田君……」

「大丈夫《だいじょうぶ》か？　寒かっただろ」

差し伸《の》べられた手を、何も考えずにつかんでいた。

あったかい、と思った瞬間《しゅんかん》、グッと引っ張られて、トンネルから出る。

「手冷たっ……ちょっと持っててくれ」

立ち上がり、渡《わた》された傘《かさ》の柄《え》を握《にぎ》ると、野田君は着ていたジャンパーを脱《ぬ》いで、私の肩《かた》に羽織らせてくれた。

「やっぱ大和の勘《かん》はすげーな。とはいえ、ちっとばかし苦労したけど」

「ヒーロー部が初めて結束したこの土地にいるはずだ、という直感は正しかったが、最終到達地点《とうたつちてん》がこの射撃《しゃげき》演習場であることまではなかなか絞り切れなかったからな」

「聖サン……無事でよかった！」

「あんまり心配させるんじゃねーよ」

見回すと、厨病ボーイズが一様に安堵《あんど》の表情を浮かべて、集まっていた。

みんな、ビニール傘《がさ》を差しているけど、髪《かみ》や服は濡れている……私を捜《さが》しているうちに雨に降られて、コンビニなどで傘を調達した感じなのだろうか。

雨の中でも捜索《そうさく》し続けてくれていたことが、ぐっしょりと濡れた靴《くつ》やズボンのすそからうかがいしれた。

「ごめん……でも、どうして……っ！」

視線を泳がせた先に、お父さんの姿を見つけて、私は一気に全身を強張《こわば》らせる。

お父さんは弱々しい笑《え》みを浮かべて、言った。

「おまえを捜している途中《とちゅう》で彼らに会って、事情を話したら手伝いを申し出てくれたんだ」

「……………」

野田

うつむく私から傘を受け取った野田君が、「ピンク」と私の右肩に手を置いた。

「おれは……おれたちは、おまえを行かせたくない。絶対、行ってほしくない！　……だけど……おまえも、わかってるんだろう？」

苦しそうな瞳で、でもまっすぐに見つめながら問いかけられて、じわりと瞼《まぶた》が熱くなった。

……そうだよ。本当は、お父さんの気持ちもわかっていた。

『瑞姫はパパの宝物だよ。瑞姫の成長を見ることが、パパの生きがいなんだ』

小さい頃《ころ》から何度も聞かされてきた言葉。

大きくなるにつれて重く思えてきて、色々とやり過ぎなところもあって、勘弁してってて心底うんざりすることも多かったけど、注がれる無償《むしょう》の愛はいつだって本物だった。

家族のために、大変な仕事もがんばってくれてるんだろうし、たった一人で異国の地で暮らすのは絶対に寂《さび》しいだろう。

家族で暮らしたいというお父さんの願いは、自然で当たり前のものだ。

それでも、わがままかもしれないけど、私は——。

「……離《はな》れたく、ないよ……っ」

どうしようもない本音が零《こぼ》れ、涙《なみだ》が溢《あふ》れ出した次の瞬間、グッと頭ごと抱《だ》きしめられた。

「大丈夫だ」

耳元で、野田君の声が響《ひび》く。

静かだけれど、力強く、優《やさ》しい声で。

「どんなに遠くにいても、おれたちは繫《つな》がってる」

「…………！」

確信に満ちた言葉が、かすかな震えと共に私の中に流れ込み、しみ渡っていく。

「ずっと、仲間だ」

「…………うん……っ……！」

かすれた声で答えてから、こらえきれなくなって、私は野田君の肩に顔を伏《ふ》せたまま、しゃくりあげた。

野田君は私が泣き止《や》むまで、黙《だま》ってギュッと抱きしめてくれて、みんなも、静かにずっと見守ってくれていた──。


「……帰るね。今日はありがとう」

やがて、顔を上げて、なるべく普《ふ》通《つう》の調子でそう告げると、ヒーロー部のみんなも、涙の余《よ》韻《いん》の残る顔にいつもみたいな笑みを浮《う》かべた。

「ああ。また明日《あした》!」

「まだ一週間《ワンウィーク》あるからな」

「忙《いそが》しいだろうけど、春休みもどっか行けたらいいよな」

いつの間にか、雨は止んでいた。

みんなに手を振《ふ》ってから、お父さんの近くまで歩いていくと、お父さんは「すまなかった」と深々と彼らに頭を下げた。

「私はどうやら君たちのことを誤解していたようだ……それから」

そこまで言って、一度顔を上げてみんなを見回してから、もう一度腰《こし》を折る。

「……本当に、ありがとう」

☆★☆

それからすぐに修了式《しゆうりようしき》を迎《むか》え、春休みに入ったけれど、引っ越《こ》しの準備でバタバタして、あっという間に一週間が過ぎてしまった。

本当にやることが多すぎて、ヒーロー部のみんなと会う時間も作れなかったのだけど、引っ越しの前日、三月二十九日。

送別会を開いてくれるということで、私は久しぶりに学校へと赴《おもむ》いた。

「あっ、瑞姫ちゃん。お待ちしておりましたわ」

満開の桜が咲《さ》き誇《ほこ》っている中庭へ行くと、厨病《ちゆうびよう》ボーイズだけでなく、アリスちゃんに朝篠宮会長、宝塚副会長に景野《かげの》君、更《さら》には天照寺会長まで揃《そろ》っていて、驚《おどろ》いた。

「わたくし、手紙書きますわね」

寂しそうに微笑《ほほえ》みながら、手を握ってくれたアリスちゃんに「うん。私も」とギュッと手を握り返す。

「会長たちも、ご多忙《たぼう》の中、わざわざありがとうございます」

「聖さんにはお世話になりましたので、お邪魔《じゃま》させてください」

「本当に、お別れなんて残念だよ。でも新しい門出《かどで》を祝うのに相応《ふさわ》しい、清々《すがすが》しい日だね」

私の姿を見た瞬間《しゅんかん》、ピシッと全身を凍《こお》らせた天照寺会長にも「お久しぶりです」と挨拶《あいさつ》すると、会長はまた例のスケッチブックを取り出して書き書きし始めた。

『部外者なのに、潜《もぐ》り込んでしまってすまない』

「いいえ、嬉《うれ》しいです。ありがとうございます」

微笑んでそう答えた途端《とたん》、ぶわっと天照寺会長の両目から滝《たき》のような涙が溢れ出した。

「!?」

「ああっ兄さん、また……そんなに泣いてると、そのうち干《ひ》からびて死んじゃうよ?」

景野君が呆《あき》れたように、ハンカチで天照寺会長の涙をぬぐう。
ビ、ビックリした……でも、そんなに別れを惜《お》しんでもらえるのは、本当にありがたいな。

桜の下に敷《し》かれたシートの上に、たくさんのお菓子《かし》やジュースが並んでいた。

「クッキーとカップケーキは西園寺、たこ焼きは俺が作ってきた。ちなみにたこ焼きはロシアンルーレットになってるぜ」

そう言ってウインクする厨君。へぇ、ロシアンたこ焼きおもしろそう！

「聖サン、何飲む？」

「ありがとう、じゃあウーロン茶……わ、ファウスト⁉」

九十九君に飲み物を注いでもらいながら、視線の先に鳥かごに入ったインコの姿を見つけて目を瞬《またた》く。

「フ……かつてファウストも世話になったからな」

中村君が鳥かごを私の前に持ってきて、「ファウスト、聖瑞姫だ」と呼びかけると、インコはコテンと首を傾《かし》げてから、甲高《かんだか》い声をあげた。

『ヒジリミズキ、ゲンキデナ！』

すごい！　覚えさせてくれたんだ……。

「ファウストって本当に賢《かしこ》いね」

「ククッ、不死鳥の血を引いているからな……神秘の存在であるファウストの言霊《ことだま》はきっとおまえを未来の様々な苦難から守護することだろう」


「みんな、コップは持ったか？ ――じゃあ、イエロー、音頭《おんど》を頼《たの》む」

野田君に促《うなが》されて、高嶋君が立ち上がる。

「えー、聖、今までありがとな！ でも二年なんてすぐだし、フランスは日本に次ぐオタク大国だ。コスプレの完成度とか半端《はんぱ》ないっていうし、せっかくだから目いっぱい楽しんでこいよ。で、土産話《みやげばなし》をいっぱい聞かせてくれ」

高嶋君らしい言い回しの中にも、これでお別れなんかじゃない、というメッセージが込められているのが伝わって、じんときた。

「つーわけで、聖の新しい門出を祝って、乾杯《かんぱい》ー！」

「「「乾杯ー！」」」

「――このあとは適当に菓子をつまみつつ、余興なんかを楽しんでもらいます。まずは竜翔院、頼む！」

「任せろ」

高嶋君から指名を受けた中村君が、眼鏡のブリッジを押さえながらすっと腰を上げた。

「俺からは、聖瑞姫への餞《はなむけ》の詩を贈《おく》らせてもらう。――俺たちの出会いは文月《ふづき》」

『フヅキ！』

中村君が朗々と声を響《ひび》かせた途端、ファウストがまるで合いの手を入れるように復唱した。中村君は一瞬「⁉」というように眉《まゆ》をひそめたけれど、気を取り直すように咳払《せきばら》いをしてから、再び語り始める。

「俺が、校舎裏で右腕《みぎうで》のギルディバランの暴走に耐《た》えている最中《さなか》のことだった」

『サナカノコトダッタ！』

「そして、俺の家での試験勉強」

『シケンベンキョウ！』

……なんか、小学校の卒業式みたいになってる……！

中村君とファウストの意図せぬコラボレーションが終わると、今度はもはやお馴染《なじ》みとなったアイドルソングが流れ出した。

「続きましては俺と厨の本日限りのスペシャルユニットで、『アイライブ！』の『輝《かがや》く季節、君との奇跡《きせき》』をお送りします！」

「アーユーレディー？　ヒアウィーゴー！」

マイクを握《にぎ》って、前方で踊《おど》り出す高嶋君と厨君。

おお……これはまた顔面偏差値《へんさち》はずば抜《ぬ》けて高いユニット！

ダンスも完コピでキレッキレだ——けど、やっぱり女子アイドルの振《ふ》りだからクネクネしてブリッ子ポーズが満載《まんさい》。

その上歌い出すと、歌唱力のある高嶋君と破滅《はめつ》的音痴《おんち》の厨君の落差がまた凄《すさ》まじくて、かなり笑いのツボを突《つ》かれる仕上がりとなっていた。

「輝く季節〜あなたとのプレシャスメモリー〜♪」

「バカ厨！　その空良ちゃんパートは俺が歌うことになってただろ！」

「ああ？　今日はいつも以上に喉《のど》の調子がグレートなんだ。サビは俺に全部任せとけ」

「空良ちゃんだけは譲《ゆず》れん！　てか音痴のくせに出しゃばるんじゃねーよ！」

途中《とちゅう》からは口喧嘩《くちげんか》。

周りからブーイングが起こり、慌《あわ》てて歌を再開したけど、以降二人はずっと醜《みにく》いポジション争いを繰《く》り広げ、その様子がまた笑いを誘《さそ》っていた。

一同爆笑《ばくしょう》のダンスの次に立ち上がったのは、九十九君だった。

「えっと、オレは手品を披露《ひろう》するよ」

手品……なんか、やっぱり、普通《ふつう》……！　いや、全然いいんだけどね。

「見ての通り、なんの変哲《へんてつ》もない右手だけど、ハンカチをかけると――………ん？　あれ、ちょっと待って……」

焦《あせ》りの表情を浮《う》かべてまごつく九十九君。

「どうしたー？」

「頑張《がんば》れ、パープル！」

「ナンセンス！　ちゃんと練習して来いよ！」

「したよ！　――はい、この通り」

ハンカチをとった九十九君の右手には、掌《てのひら》サイズの三毛猫《みけねこ》のマスコット。

お、可愛《かわい》い！

「で、こっちも」

更《さら》に左手からは、青紫《あおむらさき》の小花が出現し、おお～っと大きな拍手《はくしゅ》が起こった。

「聖サン、よかったらもらって」

「いいの？　ありがとう。この猫、ベンジャミンみたいだね」

マスコットと花を受け取りながらそう言うと、「でしょ」と九十九君は得意げに微笑《ほほえ》んだ。

この青紫の可愛い花は、勿忘草《わすれなぐさ》かな……。

「もちろん、忘れられるわけないよ」

思わず頰《ほお》をほころばせながらそう告げると、九十九君はグッと口元を引き結び、少しの間沈黙《ちんもく》した。

それからハーッと深いため息をついて、腰《こし》を上げる。

「湿《しめ》っぽいのは性《しょう》に合わないからね」

肩《かた》をすくめながらそう言って、中庭の向こうの方へ行ってしまった。九十九君……？


「――続いては、皆神生徒会の皆《みな》さんによる楽器演奏～！」

朝篠宮会長と宝塚副会長がヴァイオリン、アリスちゃんがフルート、景野君がクラリネットを手にしてスタンバイを始める。

「会長たちも楽器が弾《ひ》けるんですか⁉　景野君まで⁉」

「ま、一応ね……そんなに期待はしないで」

「芳佳と違《ちが》って、私たちは嗜《たしな》み程度ですから」

「ミスがあってもお見逃《みのが》しくださいませ」

「聖さんへの感謝と祝福を込めて、精一杯《せいいっぱい》弾かせてもらうね」

そして奏《かな》でられたのは、ヴィヴァルディの「四季」より「春」――。

主旋律《しゅせんりつ》を奏でる宝塚副会長のヴァイオリンの素晴《すば》らしさはもちろんだけど、朝篠宮会長たちも十分危なげなく弾きこなしている。

明るい陽光と喜びに満ちた季節の訪《おとず》れを彷彿《ほうふつ》とさせる、優雅《ゆうが》で美しい音楽が辺りに響き渡《わた》った。

ハーモニーの余韻《よいん》が消えると、感嘆《かんたん》のため息と拍手が沸《わ》き起こる。

素敵《すてき》だったな……とうっとりしていたら、今度は一転、気分を高揚《こうよう》させるような勇壮《ゆうそう》な特撮《とくさつ》ソングが流れはじめた。

「最後はおれと天照寺の熱いバトルで魅《み》せるぜ！」

野田君と天照寺会長が少し離《はな》れた開けたスペースで向き合って、互《たが》いに構え合う。

「行くぞ、弁慶《べんけい》！　宇宙《コスモ》の果てまでブッ飛ばす！」

「――返り討《う》ちにしてくれる」

天照寺会長がクイッと手を自分の方に向けて挑発《ちょうはつ》すると、「はあっ」と野田君は拳《こぶし》を振り上げて飛びかかった。

すごいスピードのパンチを繰り出す野田君と、それをいなしていく天照寺会長。

今度は天照寺会長が大きく足を蹴《け》り上げて、野田君がそれを見事なバク転でよけた。

鮮《あざ》やかな殺陣《たて》パフォーマンスに、どっと歓声《かんせい》が湧《わ》く。

その後も息もつかせぬ応酬《おうしゅう》の末、連続側転で天照寺会長から距離《きょり》を置いた野田君が、ビシッと両手のチョキを頭の上に構えて一声。

「放て！　おれのサーチライト！」

天照寺会長は大真面目《おおまじめ》に「ぐあああ……やられた……！」とその場にくずおれた。

……意外に会長、とってもノリが良かった！

パチパチパチ、と力いっぱい手を叩《たた》いていたら、起き上がった天照寺会長が、自分のバッグを持って緊張《きんちょう》した面持《おもも》ちで近付いてきた。

『君への想《おも》いをしたためてきた。返信は不要だから、餞別《せんべつ》として受け取ってくれ』

そんな言葉と共に、巻物のようなものを三つも差し出される。これ、全部手紙……？

「は、はい……ありがとうございます」

重い……！　と思ったけど、捨て犬のような目で見つめられて、拒絶《きょぜつ》するわけにもいかず受け取った。

「——今までありがとう。どうか、元気で」

筆談ではなく、肉声でそれだけ言ってから、またぶわっと涙《なみだ》を噴《ふ》き出す天照寺会長。

いつのまにか傍《そば》に控《ひか》えていた景野君が、かいがいしくハンカチでお世話を始める。

「ピンク。おれからは、これを贈《おく》るぞ」

野田君がポケットから取り出したのは、十枚つづりの手作りのチケットだった。

野田君特有の勢いのある文字で、『ヒーロー券』と書かれている。

なんだこれ。肩たたき券的なもの⁇

「困った時にはこれを使え」

首を傾《かし》げる私に、野田君は笑《え》みをたたえながら、揺《ゆ》るぎない、澄《す》んだ瞳《ひとみ》で言い切った。

「おまえが呼んだら、何があってもどんな時でも絶対、駆《か》けつけるから」

「……野田君……」

まっすぐな言葉と眼差《まなざ》しに、ああ、野田君は本当にいつも野田君なんだ、としみじみ思って。

嬉《うれ》しいのに、なんだか胸が締《し》め付けられて、不覚にも、また泣きそうになってしまった。

でも、泣き顔でお別れを言うのは嫌《いや》だ。

ぐっとこらえて、無理《むり》やり笑みを作って、御礼《おれい》を言った。

「……うん。ありがとう」

☆★☆

それからみんなでお菓子《かし》を食べながら自由におしゃべりに花を咲《さ》かせたり、ロシアンたこ焼きを食べたり（ハズレのわさび入りは戻《もど》ってきた九十九君が食べて悶絶《もんぜつ》してた）……楽しい時を過ごしているうちに、いつのまにか、帰らなきゃいけない時間になっていた。

「ごめん、私、そろそろ……」

「え。もう、ですか……？」

名残惜《なごりお》しそうなアリスちゃんに、私も後ろ髪《がみ》を引かれる思いで「ごめんね」ともう一回謝る。

「明日《あした》の準備が残ってるから……」

「——じゃあ聖。最後に一言」

高嶋君に促《うなが》されて、私は立ち上がると、その場の全員の顔をぐるりと見回してから、お辞儀《じぎ》をした。

「今日は本当に、忙《いそが》しい中集まって、こんな楽しい会を開いてくれて、ありがとうございました。みんなのおかげで、私がこの皆神高校に来て、まだ一年もたってないのが信じられないくらい、濃密《のうみつ》な時間が過ごせたと思います……」

『きた……っ！』

転校初日の挨拶《あいさつ》の最中《さなか》、突然《とつぜん》席を立った野田君。

『——待ってたぜ、ピンク』

屋上でそんな台詞《せりふ》を言われた時は、いったい何を言ってるのか理解不能で、ぽかーんとしたけど、それが全《すべ》ての始まりだったね。

なんにでも全力投球で、思い立ったら一直線で、行動力が半端《はんぱ》なくて……みんなを巻き込んでヒーロー部まで作ってしまった。

自由奔放《ほんぽう》な野田君にはいっぱい振《ふ》り回されたけど、球技大会、交歓《こうかん》祭、先日の家出の時も……私が本当に困ってる時に助けてくれるのはいつも野田君だった。

ピンチの時だけじゃなくて、野田君のまっすぐな強さとあたたかさには、いつだって元気をもらってたと思う。


『二次元女子こそ至高にして究極！　三次元《リアル》の女なんて二次元の劣化《れっか》版だ！』

せっかくイケメンなのにどっぷり二次元女子に耽溺《たんでき》しちゃってる高嶋君の意外な一面を知ったのは、菜々子ちゃんに誘《さそ》われてカラオケに行った時だった。

無理やり歌わされそうなところを助けてくれたり、風邪《かぜ》を気遣《きづか》ってくれたり……普段《ふだん》からも野田君の暴走をさりげにセーブしたり、遊園地のバイトの時は小さい子の相手が上手だったり、実は面倒見《めんどうみ》がいいし、優《やさ》しいんだよね。

女子相手だとテンパっちゃって駄目駄目《だめだめ》だけど、男子相手なら誰《だれ》にでも屈託《くったく》なくて顔が広いのは、オープンな性格のせいだけじゃなく、高嶋君がすごく友達思いな人だからかも。

『ぐあああああ、し、鎮《しず》まれ、俺の右腕《みぎうで》……っ！』

成績は学年トップだけど、痛さもぶっちぎりでトップの中村君。

初対面の時は理解不能のヤバすぎる人だと思ったし、実際菜々子ちゃんの彼氏役騒動《そうどう》を始めとして、売店のバイトのオーダーや、交歓祭ボーナスステージでの愛の告白……何かと想定外のぶっ飛んだ言動に度肝《どぎも》を抜《ぬ》かれたけど、クールぶってても感情が表に出やすいし、とてもピュアな人なのもわかってきた。

知識に対して貪欲《どんよく》で博識なのは本当にすごいと思うし、『竜翔院凍牙』になりきっちゃうほどの純粋《じゅんすい》さや情熱も、自分がなりたいとは思わないけど、少しだけ羨《うらや》ましいよ。

『退屈《たいくつ》でつまらなくてどうしようもない。こんな世界……全部、ぶっ壊《こわ》してやりたくなる』

最初の頃《ころ》の九十九君は、意味深な台詞を繰《く》り返す黒幕っぽいキャラで、野田君たちも敵なんじゃないかと警戒《けいかい》してたんだよね。でも、尾行《びこう》先であっという間に正体がわかって。

なんでも斜に構えて上から目線だし、アウトロー気取ってるわりにかまってちゃんの困った人だけど、妙《みょう》に憎《にく》めないところがあって、最近ではみんなからイジられ気味。

でもさりげに色々と気を配ってくれるし、妹さんたちにクリスマスプレゼントを買ってあげたりもしていて、意外性ナンバーワンかも。
ちびっ子たちが懐《なつ》いてるところをみると、きっと家ではいいお兄ちゃんなんだろうな
……身近な人に優しくできるって、大事なことだし、素敵《すてき》だと思う。

『俺は俺の感じるままに、痺《しび》れるものに夢中になっていい——そういうことだ』

転校してきたばかりの頃は本性《ほんしょう》を隠《かく》していつも不機嫌《ふきげん》そうだった厨君が、殻《から》を破るきっかけになったのは文化祭だった。まさかこんな強烈《きょうれつ》な俺様ナルシストだったなんて！

心を開いてからはあっという間にヒーロー部のみんなに馴染《なじ》んで、やりたい放題……だけど、リア充《じゅう》に擬態《ぎたい》してただけあって、厨病《ちゅうびょう》ボーイズの中ではまだ客観的な視点を持ってる方なのかも。お見合いの時の暴走は目も当てられなかったけど……。

九十九君とはいつも言い合ってばかりだけど、仲いいよね二人とも。

なんだかんだで頼《たよ》りになるし、陰《かげ》でかなりの努力家なところは、密《ひそ》かに尊敬してる。

アリスちゃんや生徒会の皆《みな》さんを始めとして、知り合いもどんどん増えていって、ます

ます楽しくなっていって……。

目まぐるしくて、私が望んでいた「平穏《へいおん》」とは程遠《ほどとお》い、だけど賑《にぎ》やかで眩《まぶ》しいこんな日々が、いつのまにか、ずっと続いていくような気がしていた。だけど——。

「……聖？」

次々と胸に浮《う》かぶ思い出に、抱《かか》えきれないほどの想《おも》いに……言葉が詰《つ》まって、立ち尽《つ》くしてしまった私を、みんなが心配そうに見つめている。

駄目《だめ》だ。

最後は笑ってお別れしようって決めてたんだから……！

ギュッと両手を握《にぎ》り締《し》めて涙《なみだ》をこらえるけれど、どうしても声が出なくなってしまった。

「……っ……！」

「——ピンク！」

響《ひび》いた声に、うつむいていた顔を上げると、野田君が胸につけた赤いヒーローバッジを、ギュッとつかんでいた。

高嶋君、中村君、厨君、そして九十九君も、ハッとしたように目を瞠《みは》ると、ポケットからバッジを取り出して、各自の胸にとりつける。

『ずっと、仲間だ』

「……ここで過ごした十カ月半」

励《はげ》ますように微笑《ほほえ》む厨病ボーイズに笑顔《えがお》を作る力をもらって、私は一度呼吸を整えると、挨拶を再開した。

「最初はヒーロー部なんてダサくて痛くてわけわかんない部に関《かか》わることになって勘弁《かんべん》してって思ったけど――」

「ピンク……⁉」

ガーン、とショックを受けたような野田君に思わず笑みを深めながら、私もポケットの中に入れていたピンクのヒーローバッジを胸につけた。

「今はみんなと一緒《いっしょ》に過ごせて良かったと心の底から思います」

やわらかくほころぶみんなの顔を見回しながら、最後の挨拶を口にする。

「今まで本当にありが――」

「やめよう！」

突然大きな声が響き渡《わた》り、その場の全員がビクッと肩《かた》を震《ふる》わせた。

少し離《はな》れた木の陰から姿を現したのは――お父さん!?

「ずっと隠れて見てたの!?　ちょっと、本気でいい加減にしてよ！」

「す、すまない瑞姫……どうしても心配で……！」

「心配って何？　土壇場《どたんば》でまた逃《に》げ出すとでも思ったの？」

スーッと頭が冴《さ》え渡り、冷たい目線で睨《にら》みつけると、お父さんは恐縮《きょうしゅく》したように手を合わせた。

「悪かったよ～……だが、一部始終を見ていて覚悟《かくご》が決まった」

覚悟？

キョトンとする一同を前に、お父さんは真顔でとんでもないことを宣言した。

「——転校は、やめよう」

はあああああああああ？

「ちょ、お父さん、この期《ご》に及《およ》んで何を言ってるの？」

「この送別会を見ていて、どれだけ瑞姫がみんなから愛されているか、そして瑞姫がみんなを大切に想っているかを思い知ったんだ。こんないい仲間たちから娘《むすめ》を引き離すなんてひどいことはできない。パパ、あと二年、寂《さび》しくても我慢《がまん》する！」

うるうる、と目を潤《うる》ませながら、そんなことを言うお父さん。

「そんな……お母さんやおばあちゃんはどうするの？」

「瑞姫一人を日本に残すなんて心配で死にそうだから、今まで通り、パパが単身赴任《ふにん》でがんばる！」

……いや、がんばる！　とか可愛《かわい》く言っても駄目だから。

あなた、もう少し自分の言葉に責任持とうよ⁉　お母さんたちもさすがに怒《おこ》るでしょ⁉

それにここまでお別れムードを盛り上げておいて、今更《いまさら》やめるとか……！

みんなの反応が怖《こわ》くて、おそるおそる振《ふ》り返ると……

「――やったーーーー！」

ガッツポーズをして喜びに沸《わ》く厨病ボーイズの姿があった。

「良かったな、聖！」

「運命の女神《めがみ》は最後まで希望を捨てなかったものに微笑む……これほどの逆転勝ちは俺も前世以来だぞ」

「スーパーラッキーじゃん。とりあえず素直《すなお》に喜んどけ！」

「……え、聖サンの転校、なくなったの？　……マジで⁉　……――うおおおおお！」

最初はポカンとしていた生徒会の皆さんも、笑顔になって拍手《はくしゅ》をしてくれる。

「よーし、送別会は転校中止祝いに変更《へんこう》だー！」

「「「「おー！」」」」

え？　いいの？　本当に……こんなの有り⁇

一人、事態についていけないままへたり込んだ私の隣《となり》に、「親父《おやじ》さんも座ってくれ」と促《うなが》されたお父さんが、ちゃっかり腰《こし》を下ろす。

「みんな……瑞姫をこれからもよろしく頼《たの》む」

お父さんはそう言って深々と頭を下げてから、「――ただし」と眼光鋭《するど》く厨病《ちゅうびょう》ボーイズを見回した。

「仲が良いのは素晴らしいが、くれぐれも節度は守るように！　ジュースの回し飲みなどは完全にアウトだ！」

……お父さん、もしかしてあの春分の日のファミレスでの出来事、偶然《ぐうぜん》見てたりしたの？

まさか、いきなり私をフランスに連れて行くって言ったのも、そのことがきっかけ……⁉

――もおおおおお、どれだけお騒《さわ》がせなんだ……！　と頭を抱《かか》えていたところ、「ピンク」と呼びかけられた。

「これからもよろしくな！」

太陽のような笑顔と共に掲《かか》げた掌《てのひら》を向けられて、私は瞳を瞠る。

……正直、まだかなり気まずいし、恥《は》ずかしいけど……それでも、やっぱり。

うららかな春の光が体の奥までゆっくりと浸透《しんとう》していくような感覚を味わいながら、右手を持ち上げる。

「うん、こちらこそ！」

爛漫《らんまん》の桜の下で、私も満面の笑みを浮《う》かべて、野田君とパチンとハイタッチを交《か》わした。

野田
良かった!

chubyou
gekihatsu-boy

あとがき

こんにちは。藤並《となみ》みなとです。この文章を書いているのは、六月下旬《げじゅん》。つい先日、舞台《ぶたい》「厨病激発《ちゅうびょうげきはつ》ボーイ」の千秋楽が終わったところです。私は三回観《み》に行きましたが、あまりにもおもしろくて、できれば全通したいくらい最高でした！　脚本《きゃくほん》・演出のほさかよう先生を始め、才能と情熱を爆発《ばくはつ》させて舞台に臨《のぞ》んでくださった素晴《すば》らしいキャスト・スタッフの皆様《みなさま》に心から御礼《おんれい》申し上げます。おかしくなるくらい「大好き」を突《つ》き詰《つ》めた先に起こる奇跡《きせき》。爆笑だけでなくドキドキワクワクに感動もあり、本当に、おもしろかったな……続編希望。

さて、五巻は厨病ボーイズと瑞姫《みずき》がそれぞれ主役となった短編集のような形式にしてみました。いつもより多めにあとがきページをもらえたので、各章ごとに裏話など。

一章。三巻の穂嶋《ほしま》先生のスーパー美麗《びれい》口絵に妄想《もうそう》を刺激《しげき》されて生まれたファンタジーパロディ。ファンタジーな世界観大好きなので、いつも以上にノリノリで書きました。お話はサクサク進めましたが、あの恰好《かっこう》をした彼らが中世ヨーロッパっぽい酒場や森とかでわいわいご飯食べてたり、街角や宿屋や露天風呂《ろてんぶろ》ではしゃいでたりまったりしてたり、焚火《たきび》して野宿してたりといった旅の間の場面も想像すると……可愛《かわい》い。

二章。たまにはちょっとしんみりする話もいいかなと思って、野田《のだ》の過去話。一巻でちょこっと触《ふ》れていた、野田が一人暮らししている理由をやっと説明できました。謎解《なぞと》きも大好きなので、宝の地図（?）も入れてみた。厨病は本当に自由に創作させてもらえて、変化球でもなんでもアリな感じなので、楽しいしありがたいです。初めて作ってみた暗号文は定番のものばかりですが、ヒーロー部のみんなと一緒《いっしょ》に挑戦してもらえたら嬉《うれ》しいです。

三章。高嶋《たかしま》とアリスちゃんのラブコメ風。でもさりげに野田と瑞姫のがいい感じになってるような（笑）成長期ってキュンとしますが、野田にはまだしばらく少年のままでいて欲しいところ。将来的には彼はすごいイケメンになるんじゃないかな。高嶋とアリスちゃんの関係については、読者さんから「応援《おうえん》してます!」という声と「絶対くっつけないで!」という声で割れております……はてさて。

四章。友達が「別キャラ視点の短編とかどう?」と提案してくれて、それもいいなと思っていた矢先に届いた四巻の表紙で、厨《みくりや》が九十九《つくも》の肩《かた》にもたれかかっている様を見て妄想爆発。厨……おまえ、そうだったのか……！（何）四巻の表紙や口絵でイケメン度MAXでこれでもかとドヤッておきながら本編のハイライトはカッコつけた挙げ句に崖《がけ》から落ちかけるだけだった不憫《ふびん》な九十九にもちょっとカッコいいところを描《えが》いてあげたい、と思ってこんな話になりました。男子の微妙《びみょう》な友情と青春。他者視点から見る瑞姫も新鮮《しんせん》でした。

五章。瑞姫に視点が戻《もど》り、ボウリングのシーンを書きながらやっぱり全員そろうとテンション上がるなと。クライマックスは思いっきり最終回のつもりで執筆《しっぴつ》しました……章タイトルは終わる終わる詐欺《さぎ》だとネタにされた銀魂《ぎんたま》の映画「万事屋《よろずや》よ永遠なれ」のパロディ――というわけで厨病もまだ終わりませんので！（笑）それにしても、一章のラストとい い、瑞姫もすっかり思考が厨病ボーイズに染められてきてますね……がんばれ瑞姫（笑）

この五巻の制作中に、担当さんが代わりました。厨病ノベライズの企画《きかく》を立ち上げ、キャラたちの性格や物語の流れから細部のネタまで一緒に妄想し、創《つく》り上げてくれた旧担当・安井《やすい》さんがいなかったら今の厨病はありませんでした。本当にありがとうございました……！　そして新担当・山内《やまうち》さん。過去から現在にいたるまで私がハマってきたものをジャンル問わず悉《ことごと》くカバーしている守備範囲《はんい》の広さと深さ、鍛《きた》え抜《ぬ》かれた妄想力。（まさか特撮《とくさつ》や歌い手まで語れるとは！）とても心強いです。今後ともどうかよろしくお願いします！

原曲のれるりり様、イラストの穂嶋様、イラストカットのこじみるく様、デザインの伸《しん》童舎《どうしゃ》様、校正様、れるりりさんの事務所の方々、ビーンズ文庫編集部の方々、営業様、印刷所様、書店員様……関係者の皆様に感謝申し上げます。家族、親戚《しんせき》、友人もいつもありがとう。

お手紙をくださる読者様。いつも沢山《たくさん》の元気と癒《いや》しをありがとうございます！　皆様の感想を読むのが何よりの楽しみで、創作の活力となっています。

もちろん、今読んでくださっているあなたにも、最大級の感謝を。

お知らせ。九月一日に新作「放課後ヒロインプロジェクト！」が発売予定です。少女漫《まん》画《が》のヒロインに憧《あこが》れるあまり食パンをくわえてイケメンに突進《とっしん》していくような女子高生と、そんな彼女に振《ふ》り回されるクールな少女漫画家を始めとした個性的なイケメンたちとの日々を描いたラブコメディ。厨病のテンションに近く、気軽に読めて笑えてキュンとできるお話になっていると思うので、お手に取っていただければ幸いです。イラストは厨病のコミカライズでもお世話になった葉月《はづき》めぐみ先生に担当していただきました。わーい。

また、一つお願いです。最近特にファンレターの返信用の宛名《あてな》の書き忘れが多いです。返事は順番にしているので、遅《おそ》くなることもありますが必ず全員に手紙でお返ししています。投函《とうかん》して二カ月半くらい経《た》っても返事がない場合、宛名の書き忘れの可能性が高いので、お問い合わせください。物凄《ものすご》く愛のこもったお手紙で、お返事待ってます、と書かれているのに宛名が無い時は本当に切ないです……どうか最後のチェックをお忘れなく！

六巻からは二年生編のスタートです。どうかまた、お会いできますように。

藤並みなと

れるりりさんコメント

厨病激発ボーイ５巻
お買い上げいただきありがとうございます
\(^ω^)/
今回は短編集になっていましたが、
６巻から新キャラ登場でますます盛り上がっていくので
これからもぜひぜひ注目してください！

れるりり

「厨病激発ボーイ 5」の感想をお寄せください。
おたよりのあて先
〒102-8078 東京都千代田区富士見1-8-19
株式会社KADOKAWA 角川ビーンズ文庫編集部気付
「れるりり」先生・「藤並みなと」先生・「穂嶋」先生
また、編集部へのご意見ご希望は、同じ住所で「ビーンズ文庫編集部」
までお寄せください。

厨病激発《ちゅうびょうげきはつ》ボーイ 5

原案/れるりり(Kitty creators) 著/藤並《となみ》みなと

角川ビーンズ文庫 BB507-5 20467

平成29年8月1日 初版発行

発行者———三坂泰二
発 行———株式会社KADOKAWA
〒102-8177 東京都千代田区富士見2-13-3
電話 0570-002-301(ナビダイヤル)
印刷所———暁印刷 製本所———BBC
装幀者———micro fish

KADOKAWA カスタマーサポート
[電話] 0570-002-301(土日祝日を除く10時~17時)
[WEB] http://www.kadokawa.co.jp/(「お問い合わせ」へお進みください)
※製造不良品につきましては上記窓口にて承ります。
※記述・収録内容を超えるご質問にはお答えできない場合があります。
※サポートは日本国内に限らせていただきます。

ISBN978-4-04-105624-0 C0193 定価はカバーに表示してあります。

次回、
厨病ボーイズが
先輩に……!?
厨《ちゅう》病《びょう》激《げき》発《はつ》ボーイ
chubyou gekihatsu-boy
原案：れるりり(Kitty creators)
著：藤《と》並《なみ》みなと
イラスト：穂嶋《はしま》(Kitty creators)
2018年初春
第6巻
発売予定!!
角川ビーンズ文庫

藤並《となみ》みなと
イラスト／南月《みなづき》ゆう
『小説家になろう』発
異世界トリップの最強ルーキー、
ビーンズ文庫に登場!!
《大好評既刊》
①異世界でバンドと勇者はじめました!?
②死亡フラグをぶっ壊せ！

新章イケメン大奥®
春の嵐と恋の予感
イケメン揃いの逆転大奥で
私が上様の身代わり!?
大人気恋愛ゲーム
「イケメンシリーズ」小説第1弾!
藤《と》並《なみ》みなと
監修／やまゆか（CYBIRD）
イラスト／ここかなた
江戸幕府の女将軍・家光の代役を押しつけられた茜は、魅力的なイケメン揃いの大奥で暮らすことに！　正体を隠した綱渡りな日々の中、大奥で不吉な出来事が起こり、正室候補の鷹司や湯殿係の夏津たちとお祓いの旅に行くことになるけれど……!?　恋と波乱の華やかな逆転大奥物語!!
好評発売中！
ソーシャルゲーム新章イケメン大奥◆禁じられた恋 ©CYBIRD

恋愛予報
三角
カンケイ
警報・発令中！
西本紘奈
イラスト／たま
"幼なじみ"は"彼女"になれませんか？
西本紘奈×たまが贈る、
恋のトキメキ満開ストーリー!!
恋愛運が天気予報マークで見えちゃうヒカリは、幼なじみの祐生に片思い中。思いきって告白しようとしたら、突然【三角関係警報】が現れた！　さらに祐生と仲のいい転校生が現れ……ヒカリは無事に告白できるの!?

●角川ビーンズ文庫●

りぃ
イラスト/あずさきな
放課後はキミと一緒に
「俺達なってみる？
放課後だけの彼氏彼女に」
美佑は引っ込みじあんな女子高生。男子と話すのが苦手なのに、クラスの人気者・赤城くんの頼みで、放課後2人きりで勉強することになって？
エブリスタ「学園ストーリー大賞」準大賞受賞の胸きゅんストーリー！
好評発売中 放課後はキミと一緒に

第17回
角川ビーンズ小説大賞
ジュニア部門スタート!
2017年
10月1日から
受付スタート!
18歳までなら
誰でも
応募できるよ!
「恋愛裁判」原案の
「厨病激発ボーイ」原案の
審査員は40mP&れるりり!!
みんなの「スキ」を読んでもらうチャンス!
くわしくは ビーンズ文庫 検索
イラスト/たま、穂嶋(Kitty creators)、ヤマコ